# 100個傳家故事

## 金窗子

周姚萍、黃文輝、劉思源、黃秋芳、許榮哲
謝鴻文、徐國能、石麗蓉、陳昇群　等｜合著
KIDSLAND 兒童島｜繪

序一

# 閱讀與美德培養

**張子樟**　青少年文學閱讀推廣人

細讀當代臺灣兒童文學名家撰寫的這些「傳家故事」，令人想起二十世紀九十年代初，美國雷根時代的教育部長班奈特（William J. Bennett）編選的《美德書》（*The Book of Virtues：A Treasury of Great Moral Stories*）一書。這位教育學者竭盡全力，從世界經典名著中，蒐集能讓讀者產生勵志作用，從而展現和培養珍貴恆久的美德的故事。

為什麼班奈特要賣力的去做這件辛苦工作？因為他發現，現代父母教育子女的方式有些偏差現象，只重視子女未來的成就，因此教養重心幾乎全放在教導子女如何在學業、運動場上或職業場上與他人競爭，把子女的成就放在一切之上，卻不管（或忽略）孩子的禮儀或品德。

在班奈特看來，父母只教育子女追求私益，而忽略了道德教育，會使得子女未來必須處在一個更不安全、更不幸福的社會中求生存。身為教育家，他特別重視品德教育，開始從世界經典名著中，蒐集能讓讀者產生勵志作用，從而展現及培養珍貴恆久的美德的故事。《美德書》全書分為十大主題：自律、憐憫、責任、友誼、工作、勇氣、毅力、誠實、忠誠、信仰。

所謂美德，見仁見智，只要是正向的都是。前臺灣大學精神科醫師宋維村在為《漢聲精選世界成長文學》系列撰寫的序文中，提到少年人格成長的必備十大品德：勇氣、正義、愛心、道德、倫理、友誼、自律、奮鬥、責任、合作。對照之下，他的說法與班奈特的重疊頗多，足以證明中外學者都想藉由文學作品，做為品德教育的輔助，在潛移默化中，提升讀者的品格。

《100個傳家故事》每篇作品的篇幅雖不長，卻都隱含前面提到的一種以上的美德，非常適合親子閱讀。父母應該與子女一起共讀這些好故事，並且鼓勵孩子說說他們細讀後的感受。父母要謙卑細聽孩子的一言一語，千萬不要插嘴中斷孩子的想法，然後再回頭詳細剖析故事的內涵；在不動聲色的討論中，潛移默化的功能會發揮無遺，影響孩子一生的處世待人方式。

如果不想讓孩子成為二〇〇七年諾貝爾文學獎得主英國女作家萊辛（Doris Lessing, 1919-2013）口中的「受過教育的野蠻人」（the Educated Barbarians），鼓勵孩子大量閱讀這類名家書寫的優秀作品，是不二法門。

序二

# 好故事，是傳家寶

馮季眉
字畝文化社長兼總編輯

不久前，字畝文化邀請了四十位優秀的臺灣兒童文學作家，共同採集聽過或讀過、印象深刻的好故事，將這些故事以當代的語言改寫重述，提煉濃縮為八百字的短篇，讓好故事繼續流傳。

故事的篇幅設定為每篇八百字左右，這長度正適合兒童利用零碎時間閱讀，隨時隨地都能享受閱讀的樂趣。而閱讀或講述一篇八百字故事，約需五分鐘，因此也很適合親子共讀、床邊故事、校園晨讀，或是做為說故事及朗讀的素材。故事取材沒有設限，一本故事裡，可以讀到童話、寓言、神話、民間故事等不同的文類，故事來源則涵蓋古今中外的兒童文學名著、未經書寫的口傳故事，可以帶領小讀者穿越時空、出入古今。這種閱讀體驗，相對於閱讀一本單一主題的書，更富變化也更新鮮有趣。這就是第一套「最新八百字故事」：《111個最難忘的故事》的誕生過程。

這個編輯企畫，透過不同世代的作家，進行故事採集。採集而來的故事，既多樣化又十分精采好看。有位媽媽讀者說，這套故事喚醒她的童年閱讀記憶，忍不住和孩子搶著看，重溫故事帶來的快樂。有位爸爸驚喜的說，在這套書裡找到「失聯已久的老朋友」，因為其中有許多故事是他童年的良伴。還有家長告訴我們，他們很高興孩子有機會讀到爸媽小時候讀過的故事，孩子們讀得津津有味，故事成了世代間交流的觸媒。

「最新八百字故事」企畫之初，就設定這是可以長期進行的書系，因此，再接再厲推出第二套「最新八百字故事」，以「傳家故事」為主題，邀請最會講故事的作者群，再度聯手為小讀者獻上《100個傳家故事》。

何謂「傳家故事」？就是適合說給孩子、孫子聽的故事，值得推薦給下一代的故事。這些故事，蘊含了我們深信是孩子們需要學習、應該擁有的特質，如：生活的智慧、危機處理的機智，幽默、樂觀、寬容、愛心、樸實、尊重、勇敢等特質，以及幻想、冒險、探

索等能力。如果你想給孩子一樣傳家寶，就給他這套故事吧，孩子從中萃取的智慧與品德，才是真正的傳家寶。

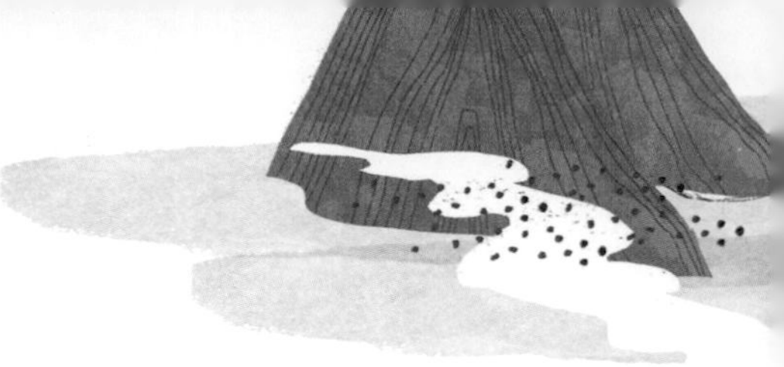

# 目錄

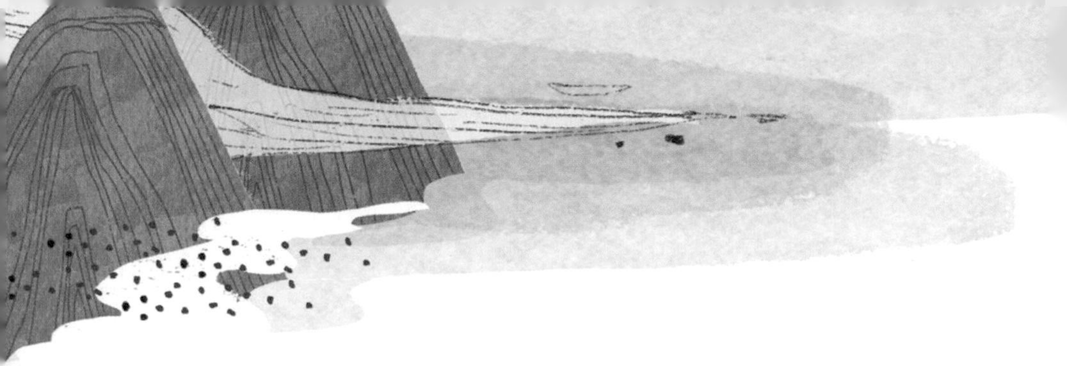

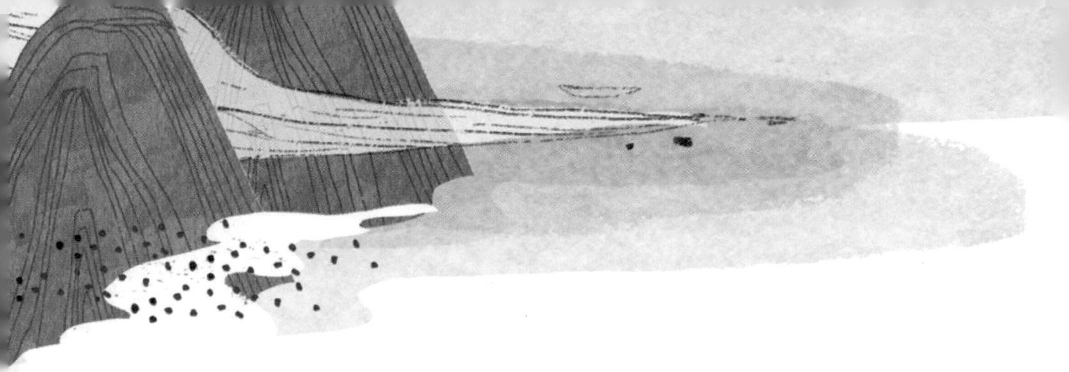

# 金窗子

周姚萍 · 改寫自波蘭童話

彼得家很窮，他天天都得跟著爸爸、媽媽下田工作。

這天傍晚，他們忙完後，太陽還沒下山。爸爸、媽媽坐在田邊休息，他爬上之前不曾去過的小山丘。

「哇！好美喔！」遠遠那邊的山腰，有棟建築的窗戶散發耀眼的金光，美得如同一顆寶石。但美景一會兒就消失不見，只剩建築的剪影。

彼得失望的喃喃自語：「一定是屋裡的人關上窗戶了。奇怪，那是什麼地方呢？」

第二天黃昏，彼得再次看到光彩奪目的金窗子。回到家，他不禁想像那是座金色城堡。「啊！裡面應該正在舉行宴會，金杯、金盤裡都裝著美味的東西。」彼得吸吸鼻子，咦？真的有香味耶！他睜開眼睛，結果那是媽媽將「水煮玉米加起司」端上桌。

到了晚上，彼得仍忘不了金窗子。「也許那是一座金色的遊樂園，裡面有金色旋轉木馬、金色咖啡杯……」彼得假裝坐著旋轉木馬轉哪轉哪，卻因為頭昏腦脹而摔了一跤！

不過，他還是興奮的想像，那也許是藏寶屋。

「哇！如果找到寶藏，爸爸、媽媽就不用那麼辛苦了。」彼得想像自己被珠寶簇擁著。沒想到，「咚」一聲，有東西砸中他的腦袋。但那可不是珠寶，而是老鼠碰落了架上的小盒子。

過了幾天，爸爸讓彼得放假。他毫不猶豫的往金窗子所在的山腰出發，走過兩座山頭，終於到達目的地，但那裡只矗立著一間普通農家。彼得很確定自己沒找錯地方，失望得簡直快哭了。

一個穿粗布衣的女孩走出來。彼得問：「你是誰？你住在這裡嗎？」

女孩點點頭，彼得對她問起金窗子的事。女孩說：「我們這兒沒有金窗子，但山的那邊有，我不知道那是哪裡，但只要夕陽西下，就可以欣賞得到。所以我想，那是夕陽送的禮物。」

彼得不禁睜大了眼睛，因為女孩所指的正是他家呀！夕陽下，彼得家破舊的窗戶像珍寶般燦爛，彼得好詫異。

「啊！是夕陽送的禮物！」

女孩和彼得一起陶醉在美景中，兩個人還開心的聊天、玩耍。彼得離開時，更和女孩約好下次再見。

從此以後，彼得會在傍晚收工後，拉著爸爸、媽媽一起欣賞金窗子。他們肩並肩坐著，享受著寧靜美好的一刻。當夕陽漸漸褪去時，彼得朝遠方輕輕揮手，臉上帶著最滿足、最滿足的微笑。

## 傳家小語

在這個世界上，有人富有，有人貧窮；有人聰明，有人平庸；有人運氣好，有人運氣差。然而，不管是誰，只要走入森林，就能擁有滿眼的綠意、盈耳的蟲鳴鳥叫；不管是誰，只要抬頭仰望晴空，就能欣賞到變化多端的光影畫或雲朵秀；不管是誰，只要來到海邊，就能享受壯闊的海景，還有波濤所演奏的交響樂。大自然有無盡的珍寶，也永遠不吝於賜予任何人，只要懂得取用，便能獲得心靈的富足與力量。

## 故事傳承人

周姚萍，兒童文學工作者，創作少兒小說、童話、繪本文本。著有《日落臺北城》、《臺灣小兵造飛機》、《山城之夏》、《我的名字叫希望》、《守護寶地大作戰》、《翻轉！假期！》等少兒小說；《妖精老屋》、《魔法豬鼻子》、《大巨人普普》等童話。繪本作品則有《鐘聲喚醒的故事》、《想不到妖怪鎮》等。

創作童書曾獲行政院新聞局金鼎獎優良圖書推薦獎、聯合報讀書人最佳童書獎、幼獅青少年文學獎、九歌年度童話獎、好書大家讀年度最佳少年兒童讀物獎等獎項。

# 聰明的鬍子士兵

黃文輝・改寫自民間故事

國王經常裝扮成普通人去和人民交談，藉此了解人民有什麼需求或官兵有什麼地方要改進。

有一天，他穿上老百姓的服裝走進酒館，發現許多士兵正在喝酒聊天，酒館吵得像鳥園一樣。

一個留鬍子的士兵拿了一瓶酒給國王，國王為自己倒一杯酒，把酒喝下。鬍子士兵立刻賞國王一巴掌，國王生氣的問：「你為什麼打我？」

鬍子士兵回答：「你不懂喝酒的規矩嗎？你要先幫我倒酒，我再幫你倒酒。」

「原來如此。」於是國王幫鬍子士兵倒酒，接著換鬍子士兵幫國王倒酒，他們再互碰杯子把酒喝下。

他們很快就喝光一整瓶酒，臉紅得像番茄一樣。鬍子士兵說：「我去買酒。」他走到吧檯，發覺口袋裡沒有錢，就把腰上的軍刀拔出來遞給老闆，「用這把軍刀換一瓶酒。」

國王看到這一幕，眼睛瞪得很大，心想士兵怎麼可以這麼做？氣

呼呼的不告而別。

第二天，國王下令檢查軍隊的裝備，打算給鬍子士兵一個教訓。軍官要求士兵們整理儀容、備好武器。鬍子士兵的軍刀拿去換酒了，只好用小刀將一根木棍削得像軍刀，插在刀鞘裡偽裝一下。

下午國王來到部隊，慢慢檢查排得整整齊齊的眾官兵，他走到站在鬍子士兵身旁的士兵面前，假裝生氣的說：「儀容亂七八糟，我要處死你。」

國王轉頭跟鬍子士兵說：「拔出你的軍刀，殺了他！」國王知道鬍子士兵沒有軍刀，故意這麼說。

鬍子士兵心想，他若拔出木頭軍刀，一定會受到嚴厲的懲罰，於是腦筋轉了轉，有了主意。他對國王說：「親愛的國王，我身旁這位弟兄的裝備齊全，我不知道您為什麼要處死他。可是您一定有您的道理，所以我會遵照您的命令做，相信天上的神會做出公平的裁決。因此我現在要說，神啊，如果我身旁這位弟兄是無辜的，就把我鋒利的軍刀變成一把木刀吧！」

鬍子士兵立刻拔出刀，眾官兵發現那是一把木刀，紛紛感謝天神降下奇蹟。國王猜到這是鬍子士兵的把戲，不禁佩服他的機智，叫他等一下去一趟王宮。

鬍子士兵進到王宮。國王已經換上老百姓的服裝，手拿一瓶酒問他：「你還記得我嗎？」

鬍子士兵這才知道那天跟他一起喝酒的人是國王，想到他曾經賞國王一巴掌，嚇得癱坐在地上。

國王微笑說：「你很聰明，所以我要給你升官，但是你得答應我，以後不會再拿軍刀去換酒了。」

## 傳家小語

每次跟小朋友分享這則故事，講到抽出木頭軍刀的時候，都會引起哄堂大笑，孩子們露出對鬍子士兵非常佩服的神情。這則猶太民間故事，呈現了猶太民族一直強調的「智慧」，看來小朋友也非常認同。

## 故事傳承人

黃文輝，臺灣大學機械工程研究所碩士與英國納比爾大學管理學院碩士。曾在新竹科學園區擔任工程師與經理等職務。已出版《東山虎姑婆》、《第一名也瘋狂》、《候鳥的鐘聲》、《鴨子敲門》等著作。

曾獲好書大家讀年度最佳少年兒童讀物獎。旅居英國和紐西蘭近十年，目前定居臺灣花蓮，從事兒童文學創作與偏遠地區兒童閱讀推廣。

# 十兄弟

劉思源·改寫自民間故事

從前有位婦人，沒兒沒女的，常常傷心哭泣。

有一天，她遇到一位白髮老爺爺。老爺爺送給她十個果子，囑咐她一天吃一個。

「真甜！」婦人口渴，忍不住把果子通通吞下肚。沒想到婦人吃了果子後，肚子愈來愈大，一次生了十個胖娃娃。

十個胖娃娃，長相一模一樣，但各有各的超能力。老大大頭一、老二長手二、老三鐵骨三、老四銅皮四、老五不怕熱、老六大嘴巴、老七長腳七、老八千里眼、老九順風耳、老十大眼十。

孩子們風吹般的長大了，婦人心滿意足，但她得了個怪病，聽說只有吃鳳凰蛋才能治好。鳳凰是一種稀奇的鳥兒，要到哪兒找呢？

老八千里眼四處張望，看見幾里外的樹林裡有兩隻鳳凰，還有一窩鳳凰蛋。

老二長手二立刻雙手一伸，穿越一片片的田野，抱回一顆蛋。

婦人吃了鳳凰蛋，病果然好了。

消息傳到城裡縣太爺的耳朵裡。「一顆蛋，一兩金。」縣太爺宣稱鳳凰是他養的，下令捕快去捉偷蛋賊，並且把錢討回來。

眼看捕快們來勢洶洶，老大大頭一擋在大門口。捕快們急著交差，抓了大頭一就走。一路上大頭一的頭愈變愈大，到了城門口時，居然卡住了，大頭一用力一頂，城門和城牆嘩啦啦的全倒了。

縣太爺氣壞了，下令明天一早砍了大頭一的頭。老九順風耳聽到消息，吩咐鐵骨三趁夜進城，偷偷和大頭一調換。

第二天行刑時，劊子手揮舞大刀，一刀砍下——碰一聲，大刀斷成兩截。

縣太爺又驚又懼，說：「既然砍不死，就剝他幾層皮。」順風耳聽得真，連忙叫銅皮四去換人。

銅皮厚又重。捕快們剝得手指都破了，銅皮四只覺得像搔癢。

縣太爺不肯罷休，決定隔天燒死偷蛋賊。

這回輪到誰上場？老五不怕熱坐在高高柴堆上，熊熊大火燒啊燒，但是卻連根毛也沒燒著。

「不怕火，必怕水，淹死他。」縣太爺又生一計。

誰怕誰？老六大嘴巴在半路上換下老五，跳進河裡，一口氣把河水喝光光。

捕快們怕縣太爺責怪，把老六帶到山頂上，推下去。高腳七早和老六掉了包，用力一蹬，雙腿愈變愈長，平安著地。

縣太爺氣急敗壞，這個偷蛋賊摔不怕、淹不死、燒不焦、砍不傷……難道沒有一點兒弱點嗎？

縣太爺靈光一閃，親自帶捕快們去鄉下捉拿婦人。

老十大眼十嚇得大哭，斗大的淚珠滾滾流下，把縣太爺和捕快們全沖走了。

## 傳家小語

〈七兄弟〉和〈十兄弟〉屬於相同故事類型，最重要元素，便是故事中的兄弟們，對應身體各部位，具有不同的超能力，展現至今依然新奇有趣的想像力，如同鋼鐵人、超人等漫威英雄們，一起聯手打擊惡勢力。而故事中「一個換一個」的連環扣的情節，蘊藏著珍貴的敬愛父母、兄弟齊心的家庭價值觀。

這個故事版本很多，兄弟們要挑戰的難題和超能力也不盡相同，我選擇了偷蛋的版本，並刪減及合併若干相似的「超能力」，希望呈現如馬揚蹄，輕快有力的敘事節奏。

## 故事傳承人

劉思源，職業是編輯，興趣是閱讀，最鍾愛寫故事，一個終日與文字為伴的人。目前重心轉為創作，走進童書作家的行列。

出版作品近五十本，包含《短耳兔》、《愛因斯坦》、《阿基米得》、《狐說八道》系列等。其中多本作品曾獲文建會臺灣兒童文學一百推薦、好書大家讀年度最佳少年兒童讀物獎，並授權中、日、韓、美、法、土、俄等國出版。

# 諸葛亮的錦囊

黃秋芳
·改寫自民間故事

東漢末年，到處都有戰爭，人們生活很辛苦。從小失去父親的劉備，跟著母親做草鞋來賣，可是，人們吃都吃不飽了，哪裡有能力買鞋呢？草鞋賣不出去，生活就更辛苦了，他只能不斷忍耐，直到長大後遇見關羽、張飛這兩個好兄弟，三個人在桃花樹下結拜成兄弟，發誓要開創出大事業，讓大家都吃得飽、穿得暖。

桃花樹下這三兄弟，後來又遇到勇敢的趙雲，以及聰明的諸葛亮，「讓天下人過好日子」的心願，終於像一棵大樹，認真的向著天空長出枝枒，一直長，一直長，直到在赤壁大戰中，和孫權結盟，打敗超級厲害的曹操，總算開出美麗的花朵。

從此以後，天下分成魏、蜀、吳三國，大家一起過了一段沒有戰爭的太平日子。但是，孫權很生氣，因為劉備遲遲不肯歸還大戰前向吳國借的荊州，他想了個「美人計」，趁劉備失去太太最寂寞的時候，假意將妹妹許配給他，想要扣留劉備來換回荊州。

聽到婚約，趙雲擔心這是一場詭計，諸葛亮笑了笑，交給他三個錦囊，教他依計行事，一切就能圓滿。果然，趙雲一到東吳，打開第一個錦囊，立刻讓五百個小兵披紅掛彩，到處採買婚慶禮物，拜訪孫權母親吳國太，把劉備娶親的消息，攪成江東最大的頭條新聞。這就是「弄假成真」之計，讓所有的人民知道蜀吳聯姻結盟的好消息，也讓丈母娘吳國太確保了劉備的安全。

不過啊！一輩子顛沛流離的劉備，在吳國看到人人吃得飽、穿得暖，這不就是他從小到大期盼的好日子嗎？他過著幸福的生活，到了年底都不想回家。忠心耿耿的趙雲，只好打開第二個錦囊，看到「狐假虎威」妙計，急忙假傳軍情：「曹操起兵五十萬，殺向荊州啦！」

一聽到死對頭殺到家門口，劉備立刻從美夢中驚醒，很快和夫人商量，假藉元旦在江邊祭祖，準備逃離東吳。

孫權急撥兩批人馬前後追殺劉備，情勢危險萬分。趙雲趕緊拆開第三個錦囊，在「生死存亡」關鍵，央求夫人以國太

愛女、孫權小妹的特殊身分，喝退追兵。劉備在諸葛亮的巧妙接應下，總算回到荊州，又輾轉趕回蜀國，決心好好治理國家，讓人們過著吃得飽、穿得暖的好日子。

## 傳家小語

我們喜歡用「錦囊妙計」來比喻應急妙方，可是，每次遇到問題，到處找人幫忙，風險很高，就像很多人喜歡在網路找答案，自以為很聰明，事實上，會不會變得愈來愈笨了？解決問題，還是要靠自己，像諸葛亮這麼懂得隨機應變、像趙雲這麼忠誠奮鬥，都證明自己的能力才是最可靠的。

## 故事傳承人

黃秋芳，臺大中文系、臺東大學兒文所，經營「黃秋芳創作坊」。曾獲臺灣兒童文學協會童話獎首獎、文建會兒歌獎、九歌少年小說獎、臺東大學童話獎、九歌年度童話獎；教育部文藝獎小說組首獎、吳濁流文學獎小說獎、中興文藝獎章小說獎、法律文學獎小說創作特別獎。出版童話《床母娘的寶貝》，少年小說《魔法雙眼皮》、《不要說再見》、《向有光的地方走去》，《兒童文學研究論述》、《兒童文學的遊戲性》，及散文、報導、作文教學等多種專著。

# 誰浪費了人生

許榮哲
．改寫自民間故事

猶太人有部古老的經典《塔木德》，收錄了幾千年來的智慧故事。

底下兩個故事，都出自《塔木德故事集》。其中，第二個故事的主角愛因斯坦，就是猶太人。

## 第一個故事：〈誰浪費了人生〉

有個學者搭船渡河，船來到大約是河流全長三分之一的地方，他問船夫：「你學過文學嗎？」

船夫說：「沒有！」

學者說：「不懂文學，你就浪費了三分之一的人生。」

船來到河流全長一半的地方，學者又問船夫：

「你學過哲學嗎？」

船夫說：「沒有！」

學者說：「不懂哲學，你就浪費了一半的人生。」

當船來到河流全長三分之二的地方，突然颳起一陣巨

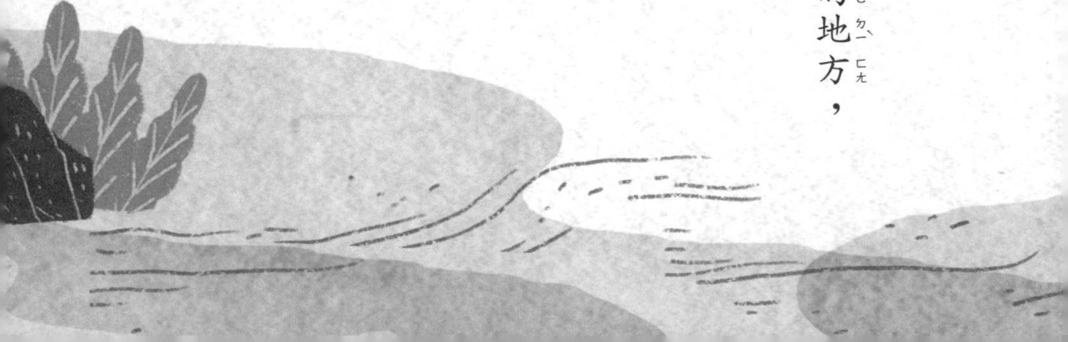

風，把船吹翻了。

學者和船夫同時落水了。

船夫問學者：「你學過游泳嗎？」

學者說：「沒有！」

船夫說：「不會游泳，你的整個人生全都浪費了。」

故事的寓意很清楚，學者自以為是，瞧不起船夫，然而價值是變動的，沒有誰比誰更有價值。

## 第二個故事：〈誰應該去洗澡〉

有一天，愛因斯坦在課堂上問了學生們一個問題：

「兩個清潔工，到大樓清理煙囪時，不小心同時掉進煙囪裡，當他們從煙囪爬出來時，一個乾乾淨淨，一個全身髒兮兮，請問哪一個會去洗澡？」

甲學生說：「這也未免太簡單了，小學生都知道，當然是髒的人去洗澡。」

愛因斯坦說：「你確定？」

甲學生：「當然確定，髒的人去洗澡，這是常識啊！」

愛因斯坦笑了笑：「不要被常識綁架了，我們換個角度：從乾淨的人眼中看出去，他看到的是對方全身髒兮兮的，這時他會想什麼？同樣的，從全身髒兮兮的人眼中看出去，他看到的是對方身上很乾淨，這時他又會想什麼？所以你們覺得誰會去洗澡？」

乙學生說：「喔喔喔，我懂了，乾淨的人去洗澡！因為他看到對方全身髒兮兮的，會誤以為自己也是一樣，所以一定是乾淨的人去洗澡。」

乙學生這麼一說，其他同學紛紛點頭表示同意。

沒想到愛因斯坦依然說：「你確定？」

乙學生遲疑了一下，最後還是說：「確定！」

愛因斯坦笑了笑說：「這次，你們被我提供的觀點綁架了。不是A就一定是B嗎？難道沒有第三種可能？」

「第三種可能？」

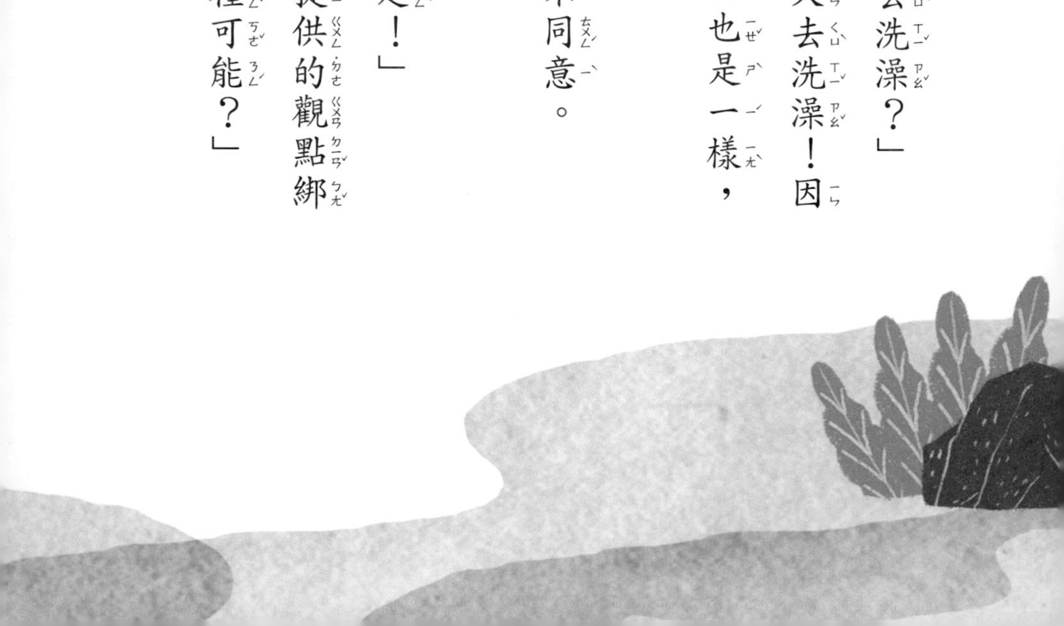

愛因斯坦說：「讓我們跳出答案，回到問題本身！為什麼兩個人同時掉進煙囪，爬出來之後，一個乾淨，一個髒兮兮？這根本是不可能的事啊。這叫做『邏輯』。」

## 傳家小語

同一個故事有太多角度可以思考了，不要被「常識」綁架，也不要被「觀點」綁架，偶爾跳出答案，思考一下問題本身，會有意想不同的收穫。

現在回想一下第一個故事，到底是誰浪費了人生？表面上是學者。然而換個角度思考，翻船的機率微乎其微，但我們的人生，天天跟文學、哲學有關，不懂它們，人生多麼可惜啊！最後，回到問題本身，翻船了，重點不在學者會不會游泳，而是船夫在一命關天的時刻，不去救人，卻忙著反諷學者，這才是整個人生都浪費了。

## 故事傳承人

許榮哲，曾任《聯合文學》雜誌主編、四也出版公司總編輯，現任「走電人」電影公司負責人。曾入選「二十位四十歲以下最受期待的華文小說家」。曾獲時報、聯合報、新聞局優良劇本、金鼎獎最佳雜誌編輯等獎項。影視作品有公視「誰來晚餐」等。代表作《小說課》、《故事課》在臺灣和中國大賣十幾萬冊，掀起故事的狂潮，被譽為「華語世界首席故事教練」。

# 智慧女神雅典娜

謝鴻文 · 改寫自希臘神話

一隻貓頭鷹急速的飛行，飛向一位女神的肩膀上，靜靜的棲息著。女神目光炯炯有神，冷靜而莊嚴，守護著奧林匹斯山下的城市人們。

女神的名字是雅典娜，她是希臘最受人尊敬崇拜的女神，集美麗、智慧、勇氣、才華於一身。這位奧林匹斯山十二主神之一的女神，肩負許多職能和稱號，例如她賜予世人犁、耙、紡錘和織布機，並教人們這些工具的操作技術，被認為是婦女勞動的保護者，是紡織女神、工藝女神；她發明了笛子，也是音樂女神；她可以平息戰爭，是庇護和平的女戰神；她賜予人間法律，維護社會秩序，所以也是正義女神。

雅典娜更是聰明才智的象徵。傳說，她是宇宙天帝宙斯與女神墨提斯所生的女兒，因為先知該亞曾有預言說：墨提斯所生的兒女會推翻宙斯，使得宙斯擔心害怕，竟將剛出生不久的女兒雅典娜整個吞下肚子，從此每天頭痛欲裂。

宙斯嘗試過許多治療方法，完全無效後，他只好求助火神赫菲斯托斯幫忙，用斧頭劈開他的頭顱。

火神赫菲斯托斯猶豫了一會兒，最後還是照辦。當他舉起斧頭用力一劈開——已經長成少女，體態健美，容貌祥和端莊，身上披著盔甲、頭戴盔帽、左手持盾，右手持金色尖頭長矛的雅典娜女神跳了出來，絢爛四射的光彩閃耀照人，大家都被這景象嚇呆了！由於她是從宙斯腦袋中重生的，因此成為智慧女神。

雅典娜誕生前，天空與世界是由泰坦巨人族統治的，宙斯率領眾神打敗了他們，才在奧林匹斯山安頓下來統治世界。宙斯讓眾

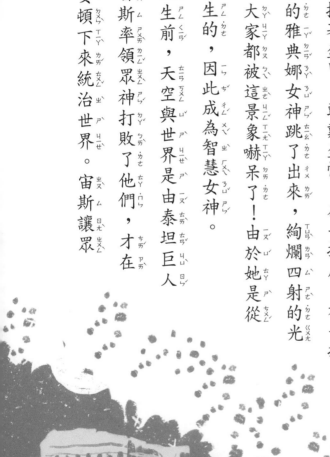

神各自去尋找一座城市，做為他們守護的地方。

雅典娜與海神波賽頓剛好都看中同一個城市。波賽頓是一個性格野蠻魯莽的天神，只要一生氣，揮動手中的三叉戟，便能喚起狂暴的大海嘯與劇烈的地震。宙斯知道如果他偏袒女兒雅典娜，必定惹怒波賽頓而帶來災難，就命令兩位天神展開一場公平的競賽，最後由城市的所有公民來決定自己的守護神。

這場競賽比的是「誰能給這座城市一份最美好的禮物」。

什麼東西是這座城市最美好的禮物呢？波賽頓沒有多想，立刻將三叉戟用力插入地面，地上瞬間湧出鹹鹹的海水，還有一匹匹戰馬揚蹄奔馳。

雅典娜表情平靜的看著，心裡很篤定，知道自己該做什麼。她用手上的金色尖頭長矛，輕輕戳了一下地面，一棵象徵和平與豐饒的綠色橄欖樹，從地面緩緩生長出來。

這場比賽，城市市民一致裁決，雅典娜的智慧贏得勝利，成為這座城市的守護神。城市的名字，很榮耀的昭告天下，從此就叫做「雅典」。

## 傳家小語

神話是人類文明流傳下來的傳說故事，不乏誇張的情節，例如宙斯的腦袋被斧頭劈開，但是，神話與一個地方的社會文化、習俗有關連，可以成為認識一個地方的開始。不只這樣，神話裡的神與人，他們的行為事蹟，往往也有值得學習的道理、智慧，提供我們思考不要犯相同的錯誤。

雅典娜這個女神，還能幫助我們重新思考女生的樣子。女生不見得是柔弱、愛哭、沒有力量的，雅典娜就是很好的例子。

## 故事傳承人

謝鴻文，現任 Fun Space 樂思空間實驗教育團體教師、SHOW 影劇團藝術總監、林鍾隆兒童文學推廣工作室執行長，亦為臺灣極少數的兒童劇評人。

曾獲亞洲兒童文學大會論文獎、日本大阪國際兒童文學館研究獎金、九歌現代少兒文學獎、香港青年文學獎、冰心兒童文學新作獎等獎項。

著有《雨耳朵》、《不說成語王國》等書，另主編有《九歌 107 年童話選》等書。擔任過《何處是我家》等兒童劇編導，《蠻牛傳奇》等兒童劇編劇。

# 將心比心

徐國能
．改寫自《戰國策》

趙太后這幾天非常生氣，為什麼呢？因為秦國趁著趙成王剛剛即位，國內政局不穩之際，派兵侵略趙國，趙國請求齊國支援，沒想到，狡猾的齊國說出兵可以，但趙國要派小王子長安君到齊國當人質，以後齊國就可以用長安君的安危來威脅趙國！

趙太后非常疼愛長安君，捨不得他去齊國當人質，一些大臣想要說服趙太后，都被她罵了回來。老先生觸龍說：「讓我來試試吧！」

趙太后知道觸龍又要來當說客，一臉怒容坐在大殿上等著他。等了半天，觸龍才拄著拐杖緩緩前來，一見到太后，觸龍說：「太后啊，我年紀大了，腿不方便，好久沒來看您囉。」

趙太后心生憐憫：「你快坐下吧，其實我也差不多，老啦，走不動啦！」

「您最近胃口好嗎？」觸龍很關心的問：「我啊，常常吃不下東西呢。」

太后聽到有人關心她，心裡覺得很溫暖，臉上也有笑容了，不禁問觸龍：「你今天特地來看我，是有什麼事嗎？」

「啊，是這樣，我有個小兒子舒祺，沒有他哥哥那麼能幹，」觸龍喘吁吁的說：「我希望太后能答應我，讓他在宮裡找個差事做。」

「嗨，這點小事，還勞駕你親自跑來。」太后笑了出來：「想不到你們男人也跟我們女人一樣，對兒女的事放不下心啊！」

「是啊，做父母的，都要為兒女著想嘛！」觸龍趁機說：「您看，古代好多國王的子孫都沒有繼承家業，您知道是為什麼嗎？」

「唉，那一定是父母沒有教好他們。」趙太后想到長安君，心裡有點難過。

「正是如您所說。」觸龍說：「您想想，我愛我的舒祺，和您愛您的長安君是一樣的，可是長安君從小生長在宮裡，只知道享受，沒

有吃過苦，沒有立過功，沒有見過外面的世界，將來他怎麼照顧自己，誰又會服從他呢？」

趙太后聽了，覺得很有道理，心想，長安君到齊國當人質，雖然有點危險，但如果長安君這一次能為國家立下大功，未來才能成為人人尊敬的國君。於是，趙太后就跟觸龍說：「我明白你的意思了，榮華富貴不能憑空得到，讓他去歷練歷練也好。」

長安君到了齊國，齊國派出甲兵，逼使秦國退兵，所有人都稱讚長安君肯為國犧牲，趙太后深明大義。而觸龍，因為懂得將心比心，所以他能了解趙太后的感受，還能以理性打動她的情感，是最有智慧的人。

## 傳家小語

「說服」是一門藝術，要能站在對方的立場設想，提出對方能接納的方案。這篇故事出自於《戰國策》，表現出老先生觸龍的智慧。觸龍先用自己的情況使趙太后心生憐憫；再用實際的道理讓趙太后能超越感情的羈絆，明智的做出利人利己的決定。當我們為別人著想，別人也會為我們著想，這種尊重、體貼他人的智慧，往往是我們解決衝突、平息紛爭的最佳方式。

## 故事傳承人

徐國能，臺灣師範大學博士，目前為臺灣師範大學國文系教授。曾獲《聯合報》、《中國時報》等文學獎。著有散文集《第九味》、《煮字為藥》、《綠櫻桃》等，童書：《文字魔法師》、《字從哪裡來》等。

# 父子騎驢

石麗蓉·改寫自伊索寓言

「喀噠喀噠喀噠喀噠……」石板路上遠遠傳來清脆的馬蹄……喔不，是驢蹄聲。一對父子正趕著一隻小驢子上市場去。

父親走在前面牽著小驢子，兒子跟在後面東張西望，城裡的市場好熱鬧啊！

走著走著，前面來了一群小姑娘，吱吱喳喳有說有笑。走在最前頭的姑娘看到這對父子，便指著他們笑說：「你們看哪！有這麼笨的人嗎？有驢不騎，竟然牽著驢走！」其他的小姑娘也跟著笑個不停。

父親聽了，趕緊叫兒子騎上驢背，繼續往市場的方向走。

走著走著，前面來了一群老人，鬍子最長的那位看到他們，就用拐杖指著兒子責備說：「這成何體統啊！年輕人騎驢，讓老爸爸走路，真是不孝！」其他老人也一起搖頭嘆氣。

兒子聽了，趕緊從驢背下來，讓父親騎上驢子，繼續往市場的方向走。

過了一會兒，前面來了個牽小孩的婦人，她看到父親騎在驢背上，就大聲說：「這老頭真忍心啊！自己坐在上面享受，讓小孩在下面走路，嘖……」父親聽了，就叫兒子也騎上來。

父子倆一起騎在驢背上，繼續往市場走去。

「喀、噠、喀、噠、喀、噠……」驢子的腳步愈來愈沉重，賣力的走上一座橋。

前面來了一位出家人，看到父子倆騎在小驢子身上，連忙向前，雙手合十說：「阿彌陀佛！善哉善哉！兩位施主請留步，這隻小驢子承受不起你們兩人的重量，已經四肢發軟了，快下來吧！」父子聽了

出家人的話，連忙跳下驢背，牽著小驢子，繼續往市場走。

但小驢子經過這麼一折騰，似乎傷了膝蓋，任憑父子倆怎麼拉都不肯動。

一個過路的醉漢看了，搖搖晃晃，醉言醉語的說：「拉不動……就用扛的吧，聽俺的話準沒錯！」

這對父子竟也當真，一人抓前腿，一人扯後腳，七手八腳想用木棍把小驢子扛起來。小驢子受到驚嚇，驚慌的叫了起來，路人聽到驢叫聲，紛紛圍過來看個究竟。

圍觀的群眾愈來愈多，小驢子十分驚恐，父子倆愈是用力，小驢子愈是抵抗，最後用力一蹬，竟掙脫了繩子，一骨碌摔下橋，掉進滔滔河水中。

## 傳家小語

什麼是對的？什麼是錯的？生活裡總有大大小小的事，需要做決定和選擇。到底要聽誰的呢？

父母和師長不可能隨時在我們身邊提供指引。而且，如果只是養成聽話的習慣，自己沒有判斷力，很容易就像〈父子騎驢〉的故事一樣，無所適從，甚至落得讓人啼笑皆非的下場。

怎樣才能有正確的判斷力呢？嗯，讓我們好好的想一想吧（練習獨立思考）！

## 故事傳承人

石麗蓉，當過二十五年的老師，喜歡畫畫、寫寫、走路、看書、聽音樂。久居都市之後，現在練習當鄉下人。已出版作品：《小黑猴》、《我不要打針》（獲金鼎獎）、《穿越時空的美術課》、《12堂動手就會畫的美術課》、《爸爸的摩斯密碼》、《好傢伙，壞傢伙？》。

# 秦獻公聽諫

陳昇群・改寫自《呂氏春秋》

師隰姓嬴，本是戰國時期繼承秦靈公君位的子嗣，秦靈公去世後，當時才五歲的師隰，卻被叔叔秦簡公用不正當的手段奪取了王位。他先是被放逐到國境的邊疆，後來為了保命，又逃到鄰近的魏國，開始了長達二十九年的流亡生涯。

這期間，秦簡公傳位給兒子惠公，接著惠公去世，年幼的秦出公完全無法處理政事，國政被太后小主夫人把持著。小主夫人非常寵信宦官，導致賢德的人都隱居起來，不想出來作官；人民更是怨聲載道，背地裡都在指責君主的殘暴和專制。

師隰聽到這樣的消息，打算乘機回到秦國。

經過一番周折，他帶著侍從，千辛萬苦來到秦國邊境要塞，可是駐守要塞的守將右主然非常堅持，不允許師隰入境，他說：「我必須謹守臣子的分寸，只能聽令於現在的國君，公子您請離去吧！」

師隰沒辦法，輾轉來到另一個要塞。駐守的菌改毫不考慮便敞開要塞大門，迎接師隰進入。

小主夫人聽到這個消息，大吃一驚，命令朝中將帥出兵攔阻。不料人心早已思變，這些原本要去驅逐師隰的將士們出發不久，半路上就放出完全不同的訊息：「我們不是要去迎擊敵寇，而是去迎接君主。」

藉著這股強大的軍心民意，幾個月後，師隰終於登上王位。

即位後的師隰，後世稱為秦獻公。歷經數十年流放的生活，秦獻公深知忠臣難得，於是大封功臣，當封到要塞守將菌改時，他同時也想到另一個要塞守將右主然：「這傢伙重兵駐守，居然不讓我回國，甚至把我驅離！」

獻公想找個理由，狠狠的處置右主然，一位諫臣上前，說道：「君主，這萬萬不可。」

「為何？當初他可是擋我復國腳步的鍊條，阻我回國執政的荊棘啊！」

諫臣回答：「右主然不服從您，是因為當時秦國的君主不是您，如今，相信右主然仍然忠於國君，現在他服從的是秦國的君主您。」

雖然諫臣說得有理，但是秦獻公的態度仍是猶疑不決，怕這位諫臣只是在袒護右主然。

諫臣見獻公陷入深思，繼續又說道：「賞罰一個人，必須視他的行為導致怎樣的後果，來下決定。結果是好的，就算厭惡他，也要給

予賞賜。結果不好，即使喜愛他，也要嚴厲懲罰。」

秦獻公問：「我是不喜歡右主然，但他之前的所作所為，結果可有好的？」

「沒有不好。假如您懲罰了右主然，邊塞守將從此便不敢阻止那些被驅逐在外的公子們回國，王室裡四處流亡的公子不少哇！都是芒刺，芒刺在背，君主之位終究後患無窮。」

一席話讓秦獻公恍然大悟，諫臣並非在袒護右主然，而是在維護自己啊！於是，秦獻公再也不提懲處右主然的事情了。

## 傳家小語

「不管是獎賞還是懲罰，都要看當事人的行為動機，以及行為之後的影響。」獎、賞必須「公正」，但想要維持公正非常不容易，一不注意就會被情緒、親疏關係或是利益給主導了。

秦獻公以一國之尊，能夠聽諫，留下佳話。有些事，我們也應儘量把持住一顆公正的心，得到的將大於失去的。

## 故事傳承人

陳昇群，臺東大學兒童文學研究所畢業，擔任小學教師多年，聽故事、說故事，是日常生活的一部分。寫過且發表的作品涉獵很廣，包括少年小說、童話、散文，新詩，曾獲梁實秋文學獎、教育部文藝創作獎、時報文學獎、國語日報牧笛獎、好書大家讀年度最佳少年兒童讀物獎等多種獎項。

# 陳靖姑的故事

洪淑苓
·改寫自民間故事

古代醫療不發達，婦女生產就像走一趟鬼門關，時時都有危險。因此，民間流傳陳靖姑的故事，把她視為保佑安胎、順產的女性神祇。

相傳陳靖姑是唐代福州人，十五歲時，去閭山拜師學藝。三年後，陳靖姑即將學成返鄉，道教大師許真人送給她十部道書和牛角吹、法繩和寶劍三項法器，希望她此後可以幫人驅邪除害。

陳靖姑返鄉後，順從父母之命，嫁給古田的劉杞。但她一聽說地方上有蛇精作怪，立刻整裝出發，施用斬蛇法，除掉了蛇精。接著，猴怪出沒，專門傷害孩童，把孩童擄走。陳靖姑在一個黑夜裡突擊猴穴，順利捉住了猴怪並嚴厲懲罰，猴怪因此成為她的助手，負責守護調皮的孩童。此後，當地居民凡是遇到疑難古怪的事，都商請陳靖姑出來作法，保佑大家平安無事。

二十四歲那年，家鄉久旱不雨，人們希望陳靖姑可以出來主持祈雨祭典。可是陳靖姑懷孕了，加上她當年未婚的時候，並沒有學習如何懷著身孕作法的「脫胎護產」法術，如今若要帶著腹中胎兒進行祈雨大法，實在是非常危險的事。家人一再反對，但陳靖姑覺得百姓的福祉比較重要，最後她還是穿上道服，備好法器，勇敢的走上祭壇。

祈雨祭典開始了，陳靖姑挺著大肚子上陣。當她專心念起咒語時，卻狂風大作，天昏地暗，祭壇上的物品全部被吹得散亂一地，觀禮的居民一個個東倒西歪，或是被飛舞的旗桿、法器打傷。

「有妖怪，有妖怪！老天爺發怒了，快逃啊！」

陳靖姑明白了，這是附近的妖怪趁機作亂，她不能慌張，這時更要專心大聲念誦經文，才能完成祈雨儀式。

陳靖姑屏氣凝神，忍著懷孕的不舒服，終於完成祈雨儀式。但

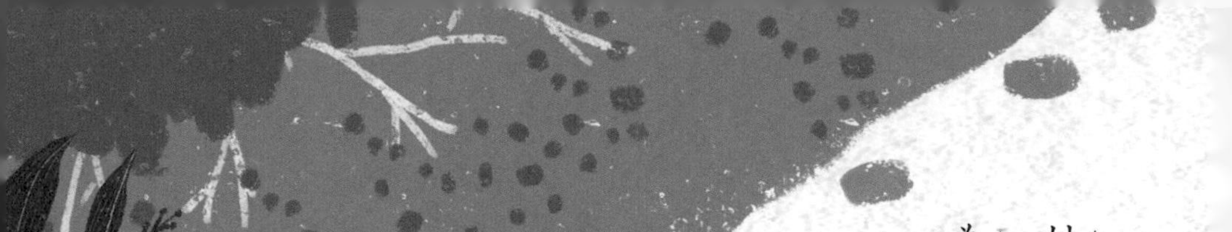

她已經筋疲力盡，不支倒地。陳靖姑連同肚子裡的胎兒，一起為民犧牲了……

也就在這時候，狂風停歇，天降大雨，祈雨成功了。陳靖姑的靈魂升天，成為受人崇敬的神祇。她的神靈繼續向許真人學習護產、護育的法術，以便保護更多的產婦和幼兒。

因為陳靖姑的神奇傳說，她死後被封為「臨水夫人」，到了清代更被皇帝敕封為「順天聖母」。福建、臺灣、馬祖各地都有臨水夫人廟，代表人們對她的敬愛和信仰。

## 傳家小語

陳靖姑是道教的神仙人物，她的故事出自《閩都別記》、《八閩通志》等文獻。陳靖姑學習法術，收服妖怪等事蹟，雖是神奇傳說，但也反映了民間信仰的需求。陳靖姑以女性身分成為保護婦女和兒童的神祇，她的慈愛、勇敢，特別感人。

## 故事傳承人

洪淑苓，現任臺灣大學中文系教授。曾獲教育部文藝創作獎、臺北文學獎、優秀青年詩人獎、詩歌藝術創作獎、好書大家讀年度最佳兒童少年讀物獎等。

著有多種學術專書及新詩集《預約的幸福》、《尋覓，在世界的裂縫》；童詩集《魚缸裡的貓》；散文集《扛一棵樹回家》、《誰寵我，像十七歲的女生》《騎在雲的背脊上》等。

# 蠟燭心

王文華・改寫自民間故事

單身的潔琪住的公寓漏水，她找房東，房東不理她，她想找鄰居幫忙，至少大家一起去跟房東抗議，但沒有人願意伸出援手。

「這真是個冷漠的城市！」

潔琪的收入雖然不高，但是她也不想勉強自己住在會漏水的地方啊！

因此，她決定去找地方搬家。以她的收入，也只能住在一間「看起來很老舊，幸好不漏水的屋子」。搬家那天，她把自己的行李裝進一個小小的行李箱，那就是她的全部家當了。

行李箱重重的，她提得很吃力，從第七大街走到第十二大街，她邊走邊喘，中途斷斷續續休息了七、八次，當然沒有路人來幫她舉行李。

等她好不容易來到「新」家時，她的腿快痠死了，手也幾乎舉不起來了。

她急著把行李提進屋子，就在她打開房門那一剎那，她注意到了：左邊的屋子裡，住了一個看起來可憐兮兮的婦人，而躲在屋子裡偷偷看著她的，是個穿著過長衣服的男孩。

「嗨！」那婦人說。

「嗯。」潔琪根本不想跟他們打交道，那麼窮的家庭，會做出怎樣的行為呢？

接下來幾天，她對那戶人家更了解了：那是一個寡婦與她的兒子。寡婦身上從沒見過什麼值錢的飾品，而男孩的衣服不是太大就是太小，分明是去垃圾堆裡撿來的吧？

她打從心裡不想跟他們有什麼瓜葛。

一天晚上，天黑了，「啪」的一聲，突然停電了。

潔琪嚇了一跳，這個環境她還沒熟悉啊！自己剛搬來，東西都還沒就定位，她在漆黑的屋子裡連撞了幾下，碰翻了椅子，而蠟燭還沒找……

她手忙腳亂的找蠟燭時，房門突然砰砰砰的響了。

潔琪打開門，是隔壁寡婦家的小男孩。他在黑暗裡緊張的問：

「阿姨，請問你家有蠟燭嗎？」

潔琪心想：「哼，他們家竟然窮到連蠟燭都沒有嗎？」

她打定主意，絕對不能借他們，明著說是「借」，其實是想來「要」吧？

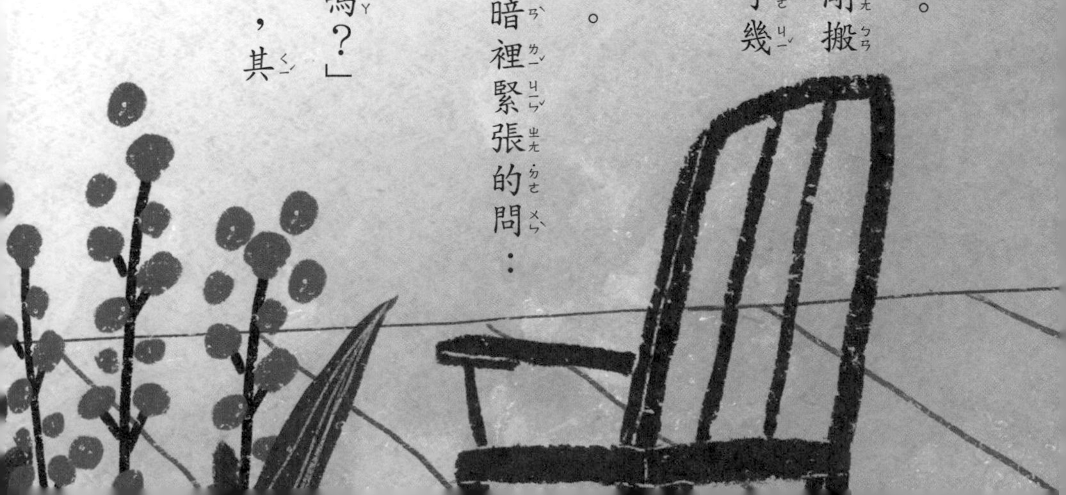

這麼一想，她硬起心腸，吼了一聲：「沒有！」

話一說完，她立即想把門關上，這種窮光蛋，還是盡量別跟他們扯上關係吧。

沒想到，男孩笑著說：「我就知道你家一定沒有。」

男孩往潔琪手裡塞了兩根蠟燭，說：「媽媽擔心你剛搬來，還沒有去買蠟燭。所以，讓我先帶兩根蠟燭來送你。」

## 傳家小語

我們常說人心隔肚皮，又說知人知面不知心，說來說去，好像人與人相處都是為了占別人的便宜，所以要提防他人，想要在社會生存，只有裝扮起冷漠的表情，才能不受人欺負。

然而，這世界畢竟壞人少，好人多，如果我們都整天猜忌別人的用意，成天擔心別人的陷害，這樣的日子也未免太辛苦了。這世界沒有我們想像的那麼壞。真誠對待別人，即使偶爾踩中地雷，還是會有更多人願意伸出良善的手。

## 故事傳承人

王文華，國小教師，兒童文學作家。平時的王文華忙著讓腦袋瓜裡的故事飛出來，也要忙著管他那班淘氣的學生。喜歡到麥當勞「邊吃邊找靈感」，那時，他特別有感覺，可以寫出很多特別的故事。

曾獲國語日報牧笛獎、金鼎獎等獎項。出版《十二生肖節日系列》繪本、《我的老師虎姑婆》、《可能小學的歷史任務》等書。

# 喝水的聰明方法

鄒敦怜・改寫自伊索寓言

故事的一開始是這樣的……

從前從前，有一隻烏鴉，他飛到外地時口非常渴，只找到一個窄口的瓶子，瓶子裡只有半瓶水。烏鴉把嘴伸進瓶裡，但是水面太低，他喝不到水。聰明的烏鴉很想喝水，他看到旁邊有許多小石子，於是靈機一動，把小石子一顆一顆的丟進瓶子裡。瓶子裡的水位升高了，烏鴉終於喝到了水。

烏鴉的故事在森林裡流傳開來，大家都說烏鴉真聰明，懂得用頭腦解決問題。

有一隻小熊聽到了，他很羨慕烏鴉得到大家的讚美，心想：「我也要有聰明的表現，讓大家刮目相看。」有一天，小熊出外旅行，他口渴了，找不到水喝，也只找到一個瓶子，巧的是，瓶子裡竟然也只有半瓶水。小熊喜孜孜的想著：「這真是大好機會，讓我來大顯身手。」

小熊努力的找呀找，找到許多小石子，他一顆顆的把石子丟進瓶子裡，當瓶子裡的水快滿出來的時候，小馬正好經過了。看到有人經過，小熊更是得意極了，他等著小馬的讚美呢！

只是，等了很久，小馬只是看著他，都不說話。小熊只好自己說了：「你看，我剛剛沒水喝，現在我要喝水了，這瓶裡的石頭都是我千辛萬苦找到的，我跟烏鴉一樣聰明吧？」

小馬疑惑的問：「小熊，你為什麼不直接用兩隻『手』端起瓶子喝水呢？」

很多動物們也聽說了小熊的故事，大家都知道，只有鳥類才適合用那個聰明的方法喝水，別的動物可不適合呀！

又過了一陣子，住在森林另一端的烏鴉，口渴時也找不到水喝，更巧的是，他竟然看到樹底下有一個瓶子，瓶子裡有半瓶水。這隻烏鴉想著：「我跟那隻聰明的烏鴉都是烏鴉，我應該可以用他的方法喝水，別人也會讚美我的聰明，我才不會像小熊這麼笨呢！」

一想到那如滔滔江水的讚美，這隻烏鴉就開心的不得了。森林裡不容易找到小石頭，不過這難不倒這隻烏鴉，他知道河邊有很多這種小石頭。他來來回回飛了不知道多少次，不過一切的努力都值得。當他飛完第一百次，瓶子裡的水終於快滿出來了，他打算輕鬆的喝水。

烏鴉也等著別人稱讚，但是，周圍看著他的朋友，卻沒有一個開始讚美，這隻烏鴉只好自己說了：「你們看，我學得很快吧？我也是用聰明的方法喝水。」

一隻小喜鵲忍不住問：「這方法真的不錯，不過，你去哪裡找到

這麼多小石頭呢？」

「河邊啊，我可是飛了好遠，來回正好一百次呢！」烏鴉說得非常大聲，恨不得大家都聽到。

「我知道，只是，你不是口渴嗎？你都已經飛到河邊了，為什麼還要這麼麻煩？你可以直接喝河裡的水啊！」

## 傳家小語

如同龜兔賽跑這個傳統寓言一樣，烏鴉喝水的故事也發展出很多的版本。原本的故事是希望小讀者可以學會解決問題，但多種版本串聯說故事，卻能帶來更多的思考面向。

所謂的「聰明的方法」，是否有標準？為什麼不能每一個人，都用同樣的方法處理事情？在不同的狀況下，要是只知道一種應對的方式，可能會有怎樣的危機？

我還喜歡請孩子們用表演的方式發展出新的故事，每每都有新的創意出來。這隻古希臘時代出現在伊索寓言裡的烏鴉，一定沒想到牠能一路紅到現代。

## 故事傳承人

鄒敦怜，當了很多年的老師，寫了幾十本書，得過幾個文學獎。從小就喜歡嘗試新鮮事物，喜歡問問題，更喜歡纏著家人說故事。每次聽過故事之後，對每個故事又會產生許許多多的疑問。長大之後，變成一個喜歡說故事的老師，開始寫下一個個有趣的故事；在創作中得到很大的快樂，希望美好有趣的故事，成為大家共同的記憶。

# 傻子的故事

鄭丞鈞·改寫自民間故事

有一個傻子，要去給岳父拜壽，出門前，他的老婆準備了酒、麵、肉等禮物，還要傻子有禮貌，不要亂講話。

一路上，傻子不斷提醒自己：「要有禮貌、要有禮貌……」

來到岳父家，傻子和妻子恭恭敬敬的對著岳父鞠躬，並大聲的說：「祝您福如東海、壽比南山。」

這些祝福的話，傻子在家中練了許久呢！

岳父聽了笑呵呵，客氣的說：「人來就好，何必帶那麼多東西？」

傻子一聽岳父這麼說，馬上理直氣壯的數落妻子：「我早就跟你說不用準備，現在這些白酒、白麵、白肉都白帶了，因為你爸爸根本不想要，吃了也等於是白吃。」

古時候的喪禮都用白色，傻子一連說了五個「白」字，讓他的岳父覺得很不吉利，氣壞了。

回到家，傻子的妻子告訴他，祝壽時，不應該說「白」，應該說「壽」，比如「壽麵」、「壽酒」，這樣才有禮貌。

過不久，換岳母做壽，傻子這次學聰明了，一看到岳母，馬上呈上禮物，畢恭畢敬的說：「我們來跟您拜壽，這是壽禮。」

岳母聽了好開心，要傻子坐下。傻子見到客廳的大桃子，想起妻子的叮嚀，於是說：「好多的壽桃呀。」

傻子接著又指著桌上的糕餅說：「這是好吃的壽糕。」

看到大家的反應都不錯，尤其是岳母更是笑得合不攏嘴，傻子於是乘勝追擊。他發現岳母身上的衣服是新的，很亮眼，馬上豎起大拇指說：「好漂亮的壽衣。」

現場的氣氛立刻變得很尷尬，還搞不清楚狀況的傻子，見到自己所坐的桌椅擦得好亮，又指著這些

家具說：「這些桌椅所用的壽木、壽材很不錯喲。」

在場的人全都氣壞了，因為「壽衣」是去世的人穿的，「壽木」、「壽材」指的是棺木，這些都不適合在祝壽時說呀！

傻子的妻子趕緊將傻子拉出去，並警告他不可再多說話。接下來的壽宴，傻子一句都不吭，只顧著吃，別人也因為他傻，所以沒理會他。

一直到壽宴結束，傻子和妻子正準備離開時，傻子的嘴巴又忍不住了。

他對著大家說：「我後來都沒再多說話，所以以後岳母如果發生什麼意外，或家裡出什麼狀況，可不能再怪我囉。」

## 傳家小語

傻子的故事有很多，可以從不同的角度去看它。

我的大兒子是個智能不足的孩子（唐氏兒），也因為他，我接觸了很多特殊的孩子。我常想，如果聰明的人，能多體諒、多幫助那些不聰明或不太聰明的人，這個世界會更美好，做父母的也就不需要太為孩子擔心了。

## 故事傳承人

鄭丞鈞，臺大歷史系畢業，臺東師院兒童文學研究所碩士。曾任兒童雜誌編輯，現為國小教師。作品曾獲臺灣省兒童文學獎、九歌現代少兒文學獎、國語日報牧笛獎等獎項；已出版《妹妹的新丁粄》、《帶著阿公走》等書。因為從小就喜歡看故事，激發了很多的想像，所以長大後很努力的寫故事給小朋友看。

# 芝濱

湯芝萱
・改寫自日本傳統劇目

夕陽西下時分，餘暉將整片芝濱的大海染成橘紅，這樣動人的景色卻沒辦法讓陳三高興起來。他看著竹籠裡幾隻巴掌大的小魚，嘆了口氣，心想妻子阿雪看了肯定沒好臉色。這怪不了別人，他連著幾天喝醉酒，早上爬不起來，才會錯過釣魚的好時機。

陳三收拾好釣具，準備回家。「啊！」走沒幾步路，就踩到什麼而摔倒在地。仔細一瞧，是個小布包。他打開一看，眼睛發亮，把布包塞進懷裡，就臉紅心跳的趕回家。

回家後，他打開布包給阿雪看，原來裡面有一捆錢。

阿雪吃驚的問：「這是怎麼回事？」

「那個……遇見一位老鄉，說是以前欠爸爸的，現在連本帶利一起還給我。」陳三撒了謊：「我走運啦！你快去買酒來慶祝！」

趁著阿雪去買酒，陳三又找了幾個朋友來家裡，這一晚喝酒吃肉，開心得不得了。

第二天，阿雪一如平常，一大早就叫陳三起床。

「咱們有錢了，讓我休息吧！」雖然宿醉未醒，陳三還記得昨晚

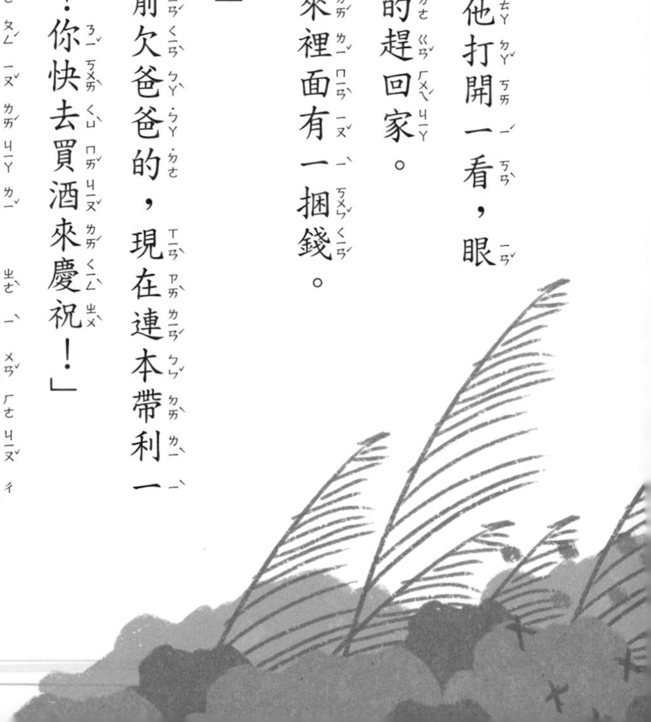

的好運。

阿雪拿起掃把就往他身上打：「哪來的錢？你在發酒瘋嗎？」

「我明明拿了錢回來……」

「你到底什麼時候會清醒？成天喝酒不做事的人才會說這種夢話！」說著她將掃把丟到一旁，掩面哭了起來：「為什麼我都不能過過好日子……」

陳三看她這樣，心裡很不好過，心想：「真是作夢嗎？看來我不振作不行了！」

他將釣具賣掉，找了個穩定的工作，再也不喝酒。他工作努力，人緣也好，沒過幾年就受老闆看重，升上很好的職位。

有一天晚上吃過飯後，阿雪一本正經的看著陳三：

「對不起，我騙了你。」

陳三一臉疑惑：「怎麼了？」

「幾年前，你曾帶回來一筆錢。我因為擔心你有錢就不想努力打拼，所以騙你說是作夢。」

陳三愣了一會兒，然後微笑著說：「幸好你這麼做，才改變了我們的人生，我現在每天都過得很充實。」

阿雪開心的拿出珍藏已久的好酒，倒了一杯：「你好久沒喝酒了，今晚喝一杯吧！」

陳三很驚訝，說：「你不是討厭我喝酒嗎？」

阿雪笑著回答：「沒關係，你不是以前的你了。」

於是他接過酒，說：「好，就喝一杯！」但才舉到嘴邊，他又放下酒杯。

「怎麼了？」阿雪不解。

陳三認真的說：「我怕酒醒了之後，會發現這一切是一場夢啊！」

## 傳家小語

這個故事改編自日本表演藝術「落語」中的傳統劇目〈芝濱〉。「芝」是地名，「濱」指海濱。跟「夢」有關的故事很多，像〈黃粱一夢〉、〈莊周夢蝶〉。〈芝濱〉這個故事有趣的地方，就在於前面以為是夢，其實不是夢，但看到最後又會疑惑到底是不是在作夢。其實不管是不是作夢，只要跟陳三一樣認真面對自己，讓每一天都過得充實，就會活得很開心。

## 故事傳承人

湯芝萱，筆名貓米亞，現任《國語日報》副刊組組長，曾編輯《國語日報》科學版、兒童版、藝術版、少年文藝版、生活版及星期天書房版。著作散見於《中國時報》、《聯合報》、《中央日報》等。著有《放學後衝蝦米？》、《Run!災害應變小英雄》（以上獲新聞局中小學生讀物選介）、《叢林求生大作戰》、《荒島求生大作戰》等。

# 獅子與老鼠

岑澎維
·改寫自伊索寓言

草原上，一隻獅子正在睡午覺，涼爽的微風中，他睡得香甜，翻個身再睡，獅子好夢正酣。

幾隻老鼠也在草原上，他們正在跑馬拉松。天氣剛從嚴冬進入初春，老鼠們玩得正起勁。

他們從洞穴跑過石塊邊，再從石塊邊奔向大樹，打算繞過第三棵大樹，再回到洞穴裡。帶頭的那隻老鼠往哪兒跑，大家就往哪兒跑，在暖暖的太陽下，舒展舒展筋骨、大口大口吸氣！

其中一隻跑得最慢的小老鼠，他跑到大樹下時，大家早已轉了個彎，往洞穴裡跑去。小老鼠慌忙之中，衝向大樹，撞上在樹下睡覺的獅子，把獅子吵醒了。

睡眼惺忪之中，獅子伸出爪子，一把抓住小老鼠，準備丟進嘴裡。

就在這個時候，小老鼠大聲的叫著：「獅子大王，真是抱歉。求求您，高抬貴手饒了我吧，我會永遠記得您的恩惠。也許、也許以後有機會，我會好好報答您的。」

獅子聽了，覺得很好笑，一隻小老鼠想要報答獅子？算了吧！但獅子感覺到這隻老鼠的誠意，還是鬆開了爪子。

「去吧！別在這兒玩耍！」獅子把老鼠放了，繼續他沒睡飽的覺。

有一天，幾個獵人在草原上布下天羅地網，這隻獅子不小心，踏進陷阱裡，全身被網子網住。

「吼！放開！放開我！吼！」

他不斷的吼叫，但是沒有用。獵人聽到獅子的大吼聲，立刻跑過來看。

「真是一頭漂亮的獅子！」

「就拿去獻給國王吧！」

幾個獵人把獅子連同網子捆在大樹上，他們要去找車子來載。被捆綁的獅子無助的吼叫，但是沒有人會來救他。

可是小老鼠聽到了，他聽到獅子的呼救聲。

「一定是他！」小老鼠循著叫聲來到樹下。他看見垂頭喪氣的獅子，在網子裡絕望的哀號。

這時候，小老鼠衝了過去，用尖銳的牙齒啃咬網子上的繩子。

當車子的引擎聲劃破寂靜，朝向草原上的大樹開過來時，小老鼠才剛剛咬斷一截繩子。

就像在救自己的性命一樣，小老鼠賣力的再啃、再咬……

當獵人把車開到大樹下熄火，正準備把獅子放上車時，那一瞬間，獅子破網而出，跟著小老鼠一起迅速奔逃，留下一臉驚愕的獵人。

「謝謝你，救了我的命！」

「你看，我說的沒有錯吧？」

落日餘暉下，小老鼠坐在獅子的背上，他們一起看著火紅的太陽落下地平線。

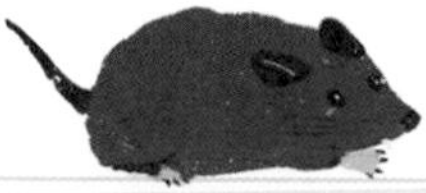

## 傳家小語

老鼠與獅子，兩者都為我們樹立了榜樣。

讓我們當一隻胸襟寬大的獅子，得饒人處且饒人，隨時廣結善緣，不因盛怒而誤傷別人，在生氣的時候，也能聆聽別人的心聲、接受勸告。不在盛怒之下做決定很難，但冷靜與心平氣和，才能做出更好的決定。

讓我們當一隻微小的老鼠，當有人需要幫忙的時候，即使只有棉薄之力，也慷慨助人。施恩不望報，受恩不忘報。在承受別人的恩惠之後，別忘了「受人點水之恩，當以湧泉回報」。

不管是老鼠還是獅子，有了這樣的信念，就有了值得敬重的一面。

## 故事傳承人

岑澎維，臺東大學兒童文學研究所畢業，現為國小教師。出版有《找不到國小》系列、《原典小學堂》系列、《成語小劇場》系列、《溼巴答王國》系列、《小書蟲生活週記》、《八卦森林》等三十餘本。

# 普羅米修斯

林玫伶・改寫自希臘神話

普羅米修斯是泰坦神族的後裔，當時世界上有天、有地、有萬物，但還沒有人類，普羅米修斯便用泥土照著自己的樣子雕塑了人形，智慧女神雅典娜又為泥人灌注靈魂，讓人類有了思想、有了創造力。

接著，普羅米修斯又教導人類許多知識和技藝，但有一項重要的東西卻因為天神宙斯反對，人類不能使用，那就是火。人類沒有火實在太不方便了，夜晚沒有照明、食物只能吃生的，種種生活的困苦，讓普羅米修斯動起偷火的念頭。

他趁太陽車從天上駛過時，把樹枝伸進火焰裡，等樹枝一燃燒，他便趕緊帶著這火種到地上，交給人類。人類有了火，成了萬物之靈，且火再也收不回來。愛憐人類的普羅米修斯，因此觸怒了始終要維護神權秩序的宙斯。

宙斯大發雷霆，他說：「因為你的偷盜行為，我將賜給人類一場可怕的災禍，人類將悔恨你賜給他們的恩惠。」

他下令創造了美麗的女子潘朵拉，帶著一個盒子去找普羅米修斯

的弟弟，嫁給他為妻。

有一天，潘朵拉好奇天神給她的盒子裡，到底裝了什麼東西，便打開了盒子，盒子裡迅速竄出無數可怕的怪物，包括貪婪、虛偽、誹謗、嫉妒、痛苦、戰爭等等，瞬間飛向四面八方，所有邪惡都釋放到人世間了。發現闖禍的潘朵拉急忙把盒子闔起來，盒底此時只剩下一個美好的東西叫做「希望」，被關在盒子裡。從此人們面臨災難考驗時，必須努力去尋求希望。

另一方面，宙斯餘怒未消，他下令用鐵鏈把普羅米修斯鎖在高加索山的懸崖上，雙手雙腳都上了鏈條，每天派禿鷹去吃他的肝

臟，被吃掉的肝臟每天又會重新長回來，日日都要承受被惡鷹啄食肝臟的痛苦。

普羅米修斯忍著撐著過了很多年，有一天，宙斯的兒子、神箭手海格力斯來到懸崖邊，憐憫被縛在懸崖上受盡苦痛的普羅米修斯，便拉起弓箭把禿鷹射死，解救了他。但為了讓宙斯的懲罰仍然有效執行著，普羅米修斯的手腕上必須永遠戴一隻鐵環，環上鑲上一塊高加索山的石片。

普羅米修斯為人類盜火，帶給人類光明和一日千里的發展，自己卻承受無以復加的苦痛，對人類而言，可說是偉大的殉道者。

## 傳家小語

普羅米修斯是希臘神話中為人類盜火的神，並為此付出極大代價，整個故事凸顯了「火」的重要性。許多荒島求生的小說常常以「取火成功」做為故事的轉捩點，有了火，飲食改善、猛獸止步、寒天溫暖、夜間照明……讓人類脫離了原始狀態，成為萬物之靈。因此我認為，歌頌普羅米修斯，其實是間接歌頌火啊！

## 故事傳承人

林玫伶，臺北市國語實驗國民小學校長、兒童文學作家。著有多部校園暢銷作品並獲獎，包括《小耳》（臺灣省兒童文學創作童話首獎）、《我家開戲院》（好書大家讀年度最佳少年兒童讀物獎）、《招牌張的七十歲生日》（入圍金鼎獎）、《笑傲班級》、《小一你好》、《童話可以這樣看》、《閱讀策略可以輕鬆玩》、《經典課文教你寫作》等十餘部作品。

# 哈姆雷特

管家琪
．改寫自莎士比亞（英）作品

丹麥王子哈姆雷特最近遭到嚴重的打擊，鬱鬱寡歡。首先是父王意外遭毒蛇咬死，緊接著母親竟然閃電嫁給了叔叔。因此坊間都盛傳，老國王是被新國王給謀害的。

一天夜裡，父親的鬼魂現身，表示流言是真的，要求兒子為自己報仇，但同時又要求他行事必須光明磊落。

在此之前，王子還只是積鬱不振，此後似乎就瀕臨瘋狂。其實，他只是在掩飾內心巨大的壓力。

他安排戲班子準備了一齣戲，重現父王慘死的情景，想藉此觀察叔叔的反應。這段期間他飽受煎熬，有時他也會懷疑，那個幽靈會不會是魔鬼的化身。有時又痛責自己，始終沒有行動！

一個老臣推測，王子是因為對自己的女兒奧菲莉雅單相思，才會變得如此瘋癲，特意叫女兒去跟王子說說話。這天，當奧菲莉雅過來的時候，王子正陷入沉思。

「生存還是毀滅，這是一個值得考慮的問題。是要默默忍受命運的暴虐，還是要挺身反抗，這兩種行為到底哪一種更高貴？」

他不願意向奧菲莉雅吐露心事，神情狂亂的跑走了。不久，戲上演了，但中途就被國王生氣的叫停。王子如釋重負。現在他足以斷定真相，總算可以堂堂正正的展開復仇了！

那齣戲讓國王深感不安。稍後，當國王正跪在一個角落專心祈禱時，王子本想一劍就解決他，但很快又改變主意。王子認為，在惡人祈禱時動手，等於正好送他上天堂，太便宜他了！

與此同時，母親看了戲也滿心不悅，把兒子找去談話。忽然，他發現帷幕後面有動靜，以為是叔叔躲在那裡，認為這是一個絕佳的時機，沒想到卻誤殺了老臣。

國王趁機要把王子送去英國，暗中派人殺害他，但沒能成功。經過一番漂流，王子終於又輾轉回國。

然而，他一回來就赫然發現奧菲莉雅死了！原來在父親死後，她大受打擊，在恍惚中竟跌進河水而死。

王子一出現，奧菲莉雅的哥哥雷歐提斯

就怒稱，要為父親和妹妹報仇！稍後，在國王的慫恿下，兩人決定擇日來一場友誼賽。實際上，國王在雷歐提斯的劍鋒上塗抹劇毒，又準備了一杯毒酒，想伺機拿給王子喝下。

不料，那天毒酒被王后誤飲，而已被毒劍劃到的王子，從垂死的對手口中得知叔叔的陰謀之後，立刻舉起那把仍有殘留劇毒的劍，殺了叔叔為父親報仇。

臨死前，哈姆雷特終於得到了安寧。

## 傳家小語

英國文豪莎士比亞寫的四大悲劇，都源於主人翁的性格，譬如哈姆雷特的猶豫不決，不像羅密歐與茱麗葉的悲劇，是由於一連串陰錯陽差的巧合，這就是「性格決定命運」。另外，關於理性與激情也是《哈姆雷特》所討論的主題，很多事都是非常需要激情才得以完成。

## 故事傳承人

管家琪，兒童文學作家，曾任《民生報》記者，後專職寫作至今。目前在臺灣已出版創作、翻譯和改寫的作品逾三百冊，在香港、馬來西亞和中國大陸等地也都有大量作品出版。曾多次得獎，包括德國法蘭克福書展最佳童書、金鼎獎、中華兒童文學獎等等。

作品曾被譯為英、日、德及韓等多國語文，並入選兩岸三地以及新加坡的語文教材。經常至華語世界各地中小學與小朋友交流閱讀與寫作，廣受歡迎。

# 邪不侵正

王洛夫・改寫自《閱微草堂筆記》

《閱微草堂筆記》是紀曉嵐所寫，他是清朝乾隆皇帝時的名臣。書中內容是他所見所聞或親身經歷的奇聞異事，許多都和神鬼有關，包羅了各種社會現象，風趣易懂又有深刻的涵義，據說當時每完成一篇，就在民間被廣為傳抄。

其中有一個關於狐狸精的故事。滄洲有位舉人劉士玉先生，他家裡不知什麼時候跑來了一隻狐狸精，反客為主，霸占了書房，連在大白天都會跟人對罵，還會扔磚頭、瓦片來傷害人。然而沒人看得見牠，大家被搞得雞犬不寧，都不知該怎麼辦。

有一個做官的董思任聽說了，自告奮勇去驅逐狐狸精。到了書房，董思任大聲說：「人妖不同道，要各守本分，你不可干擾人的生活……」正說得鏗鏘有力，屋簷上忽然傳來清亮的嗓音說道：「先生做官，對老百姓很好，也不貪污收賄，所以我也不敢攻擊您。但是您只是為了自己得到好名聲，而不是真心關心百姓，不貪財也僅僅是怕招來災禍，所以我並不怕您。勸您還是別說了，免得自討沒趣。」董思任面紅耳赤，狼狽的走了，回家後好幾天都悶悶不樂。

劉舉人有個女僕，沒讀過書，人們都認為她是個粗人。偏偏她卻不怕，狐狸精也從來不攻擊她。人們覺得奇怪，有一次狐狸精又罵人時，就問狐狸精為什麼對女僕的態度不同？狐狸精說：「別看她是個下人，卻是真正孝順的好媳婦，對公婆誠心的孝敬。這樣的人，連鬼神見了都要尊敬三分，何況我這個妖精？她的身上正陽之氣很足，我們閃躲都來不及，怎麼敢去冒犯她呢？」劉舉人知道了，就請這個女僕住在書房裡，那隻狐狸精果然當天就離開了。

紀曉嵐評論說，真的是「邪不侵正」啊。為人端正，狐狸精就不敢亂來，人心裡有一點兒邪念，牠就敢趁虛而入了。

作者在多個故事中說到鬼怪屬陰，心地光明的人陽氣充足，鬼怪

懂得因果報應，對有德行的人不敢侵犯。

紀曉嵐的《閱微草堂筆記》，蒐集各種神怪故事，除了發揮教化作用，更營造文學樂趣。正如書名——「閱」讀充滿趣味，於幽「微」中領悟，又如「草堂」般親切樸實。

## 傳家小語

我第一次看這些故事，就決定當個「連鬼都尊敬」的人。《閱微草堂筆記》裡的故事，不賣弄文采，也不談高深的道理，所說的神怪故事，並不會讓人嚇得睡不著，好像看到一個隱藏身邊的世界，姑且稱它「幽冥界」吧，可以當成自己的鏡子，因為善與惡都會顯像在鏡面上。

## 故事傳承人

王洛夫，臺東大學兒童文學研究所畢業，大學主修心理與輔導，現任國小教師。作品《那一夏，我們在蘭嶼》獲好書大家讀年度最佳少年兒童讀物獎。《妖怪、神靈與奇事》、《蜘蛛絲魔咒》、《用輪椅飛舞的女孩》獲好書大家讀推薦。愛游泳、愛燒菜，覺得說故事就像游泳，既要放鬆又要有Power，寫作就像燒創意菜，要色麗、飄香、味美。

# 每隻鴨子其實都是天鵝

·改寫自P.L.崔佛斯（英）《瑪麗·包萍》

羅吉希

從前有個養鴨女，每天都帶著鴨子去河邊吃草。有時，養鴨女看著自己在河裡的倒影，忍不住想，「戴上小野花花冠的我，多像個公主啊！」

養鴨女一回頭，就看見在河對岸的養豬童，正神氣的招呼小豬靠近河邊喝水。看見養鴨女在河邊發呆，養豬童很開心，他真希望能和養鴨女說說笑話，或者是賽跑，不然日子好無聊呢。

養豬童衝著養鴨女笑了笑，但養鴨女害羞的把臉轉開了，因為她不大知道要怎麼交朋友。養豬童以為養鴨女看不起他，所以他就用想像來安慰自己：「唉呀！這個傻姑娘，她不知道我其實是個王子，只是因為國王老爸希望我離家尋找寶物，所以我才打扮成養豬童，四處流浪呢！」

以為自己「其實是別人」的，不只有養鴨女和養豬童。在河邊的鴨子，其實都相信，自己其實是住在皇宮裡的天鵝。在泥地打滾的小豬仔，也都自認為牠們是剛剪完毛的羊咩咩……

就在大家沉醉在各自的白日夢時，遠方來了個流浪漢，他快活的

脫下帽子打招呼：「哇，小夥子、小姑娘，你們倆吵架了嗎？」

「才沒有！我可是個公主喔，不會隨便跟不認識的人吵架的！」

「喔，原來您是位公主？那這個時間，您該趕回去上課了吧？」

「上什麼課？」養鴨女沒想過公主還得上課。

「咦，您不知道嗎？公主每天都很忙，不但要學儀態和刺繡，還要學習很多種語言，而且每天只能吃一小塊蛋糕，可不能吃天鵝大餐或羊肉爐啊。」

什麼大餐？這下，不但養鴨女覺得自己可能不適合當公主，在場的動物也都緊張的支起耳朵。

「你呢？」流浪漢轉身向養豬童說：「我覺得你一定是位王子！聽說最近王子們的新任務，是挑戰七頭龍，目前沒有一個王子活著回來呢。每天練劍術很辛苦吧？」

「啊！其實我只是個養豬童……不過，老先生，您是哪一國的國王呢？為什麼您了解這麼多皇宮裡的事情啊？」

「喔，我其實是個天使啦！只是剛好路過，和大家打個招呼，下次見囉。」

養鴨女和養豬童目送流浪漢的背影，驚訝的發現，他的背上好像隱隱張開兩隻大翅膀呢！這下子，他們都忍不住開始懷疑，自己會不會其實是公主和王子啊？

## 傳家小語

英國女作家P. L.崔佛斯（P.L. Travers）創造出的保母《瑪麗．包萍》（Mary Poppins），經過華德迪士尼編製成電影「歡樂滿人間」後，可能已是全球最為人熟知的保母形象。她不但漂亮、神氣、有原則，能讓所有孩子和成人老實聽話，而且超會講故事。瑪麗．包萍講的故事，能讓人鑽進瓷器上的花園圖裡坐馬車，走進不知名小巷中修樂器的顛倒屋跳舞，還讓人意識到，我們總是喜歡以白日夢，逃避無聊沉悶的現實生活，以及常常高估自己的自憐姿態。但是，作者並沒有因此責備我們的想像力，反而幽默的暗示我們，美好的自我形象雖然與現實可能還不相符，但能夠鼓勵我們努力實現更好的自我。

## 故事傳承人

羅吉希，出版社編輯。讀書迷迷糊糊，生活丟三落四。喜歡簡明合理卻出人意外的好故事，對小學生能理解奇幻故事，創造有趣造句充滿好奇，所以喜歡教育哲學、教育心理學、教育社會學，以及一點點教育史學。衷心認定文學冠冕上，兒童文學是最璀璨的那顆閃亮寶石。

# 愛花的老人和仙女

傅林統．改寫自《今古奇觀》

宋仁宗年間，江南長樂村，有個愛花如癡的獨居老農，大家稱他秋公。幾畝田地變成花圃，一所草房花卉圍繞。偌大的花園有鳳仙、雞冠、秋葵、百合、美人蕉、牡丹等無數的花種，一花未謝，一花又開，不斷飄散花香。

秋公在向陽處設柴門，通往園中小徑，草房門外對著宛如西湖的朝天湖，湖堤有桃柳、芙蓉，湖中五色蓮花如彩雲，陣陣香氣撲鼻。

秋公勤掃落葉，定時灌溉，蓓蕾將開就暖一壺酒或茶，澆一澆說：「花兒萬歲。」然後坐在花旁喝酒品茗、吟詩唱歌。

花謝，秋公嘆氣落淚，捨不得花瓣落地，輕輕掃起放在盤中，直到枯乾再裝壺「葬花」湖中。如有花朵被雨打落，就用水洗淨送入湖中，叫做「浴花」。如果看見花枝折斷，立刻用泥土封住，叫做「醫花」。

秋公唯恐花兒受到傷害，不輕易讓人進入花園，偶爾有親戚朋友來賞花，總是再三叮嚀，只許遠看不准靠近，如果有人摘了一花一蕊，他就氣得面紅耳赤。

花木茂盛，百鳥群集，春華秋實，秋公有了水果可賣，足夠悠然過日子，如果有剩錢，就周濟貧戶，村人都很敬重他。

可是好景不常，府城有個富貴人家的子弟張委，夥同家人到處欺壓善良百姓，有一天，看見秋公門籬裡面花枝鮮媚，就說：「我們進去看看吧！」

同行的家人阻止說：「這個老頭脾氣很怪，不讓人家隨便進去的。」

張委說：「別人他不肯，難道對我也敢這樣嗎？」說罷，闖進去踏上花圃嗅花香，秋公趕來說：「張先生，請站遠些，不要傷到花卉。」

張委生氣的回答：「你要阻撓，我偏要聞。」說罷攀折花枝湊在鼻子上聞一聞，接著吩咐家人：「辦酒菜，我要在這裡鋪草蓆賞玩。」

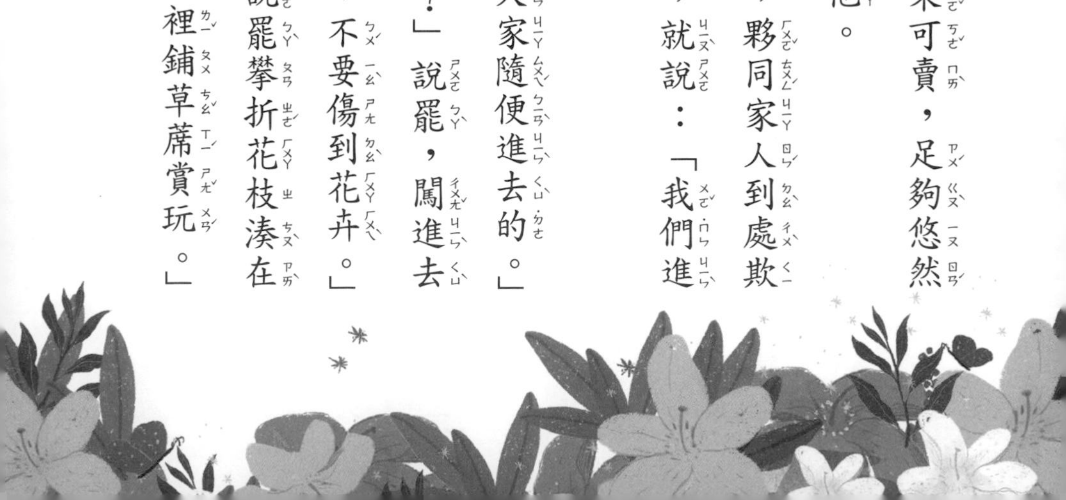

一會兒又說要把花圃整個買下來，還威脅說：「敢不賣，把你捉到縣裡定罪。」

一夥人醉醺醺踩踏花圃，摘花折木，秋公心疼大罵：「你們明明是來欺負我，那我也不要命了！」說罷猛力撞向張委，一夥人趕過來亂拳痛打秋公，直到有人恐怕出人命勸止。

被撞很不甘新的張委，發瘋似的踐踏花叢然後離去。當秋公搶天呼地哭號時，忽然聽到背後有人叫他：「秋公，你有什麼委屈？請告訴我！」

回頭一看，是個容貌清雅的少女啊！她傾聽了秋公的訴說，面露微笑回應：「我的祖先傳下來落花返枝的法術，你去端一盆水來讓我施術。」

水端來了，少女不見了，再看花圃，所有花朵都回到枝上嬌豔綻放，又驚又喜的秋公呆在那裡許久。奇妙的事一傳十，十傳百，第二天全村的人都好奇的徘徊門外，想一探傳聞是真是假？

一夜沒睡好的秋公想通了，自言自語：「既然有仙女來救援，何必心胸狹窄招人欺侮？換成汪洋雅量，快樂不就在眼前！」想到這兒的秋公，敞開大門迎接大家進花園賞花，村人歡喜極了、流連忘返。

可是這時無惡不作的張委，竟然向官府指控秋公是妖人，陷害他關進地牢。張委沾沾自喜，又夥同遊伴踏進花圃喝酒玩樂。

傍晚，突然颳起一陣大風，吹得花卉直挺挺的豎立，瞬間變成一個個姣好的美少女。帶頭的紅衣少女指著張委說：「我們姊妹受秋公無微不至的愛護，卻遭你無情的摧殘，喪盡良心的你又誣告秋公，實在過分！出擊吧！姊妹們！」

頓時陰風陣陣，把一夥人吹得跌跌撞撞，紛紛逃跑，直到門外才發現張委沒跑出來，趕緊回家帶來壯丁尋找，找來找去看見張委已經倒地，一命嗚乎了！

官府查不出秋公的罪證，也就釋放了他。從此秋公更加珍惜花兒，隨時敞開園門，歡迎愛花的人盡情觀賞。

## 傳家小語

秋公是一位可敬可愛的花藝大師，真心愛花，努力不懈。當他領悟獨樂樂不如眾樂樂的心境時，胸懷寬宏了，人生豐富了，何等可貴的啟示！不愧是《今古奇觀》好故事。

## 故事傳承人

傳林統，擔任國小教職工作四十六年。一向喜歡給兒童說故事、寫故事、帶領閱讀，學生和家長暱稱他「愛說故事的校長」。退休後，仍在地方培訓「說故事媽媽」和「兒童閱讀帶領人」，並示範說故事技巧，升級為「愛說故事的爺爺」。

著有《傳林統童話》、《偵探班出擊》、《神風機場》、《田家兒女》、《真的！假的？魔法國》、《兒童文學的思想與技巧》、《兒童文學風向儀》等作品。

# 醜才子蔡復一

夏婉雲

・改寫自《前人的足跡 金門的古蹟與先賢》

金門人都知道他們有一位了不起的先賢——蔡復一，他是四百多年前的明朝人。

這明末奇人蔡復一，在金門蔡厝出生，熟讀四書五經，能文又能武，官做到兵部侍郎、總督軍務。這位武將智勇雙全，身體雖然疾缺，只有一隻眼、跛腳、還是駝背，卻娶美妻、登龍門，一生充滿傳奇。

蔡復一從小聰穎又勤學，十九歲參加福建同安鄉試得到第一名，二十歲登上進士。在金鑾殿上，皇上賜酒，看到他這般貌醜，也不禁搖頭嘆息：「可惜只有一隻眼。」

蔡復一回答：「雖是一眼，足以觀遍天下。」

「可惜只有一隻腳。」

「雖是一腳，足以一躍龍門。」

「那麼駝背難道不遺憾嗎？」

蔡復一跪下恭謹的回答：「龜背正好朝天子，願吾皇萬歲、萬萬歲。」皇上聽了龍心大悅，不僅賜他美酒，更賜封賞。

他在殿試大出鋒頭，進士放榜後，皇帝憐才，常常賞賜他。有些奸臣喜歡消遣他，挫挫他的銳氣。

他能詩能文，才華橫溢，還能兩手同時寫字，有個奸臣在皇帝面前告狀，說：「蔡復一說他兩手可同時寫萬言，天下文書都抄寫得成。」

皇帝很生氣，覺得蔡復一太狂妄了，要求他一個月內抄寫朝廷歷年的邊防文書，如果做不到，就以「欺君罪」來處罰。為了完成任務，蔡復一只好廢寢忘食，雙手齊書，幾乎不吃飯，終於寫成。

相傳蔡復一曾因為公務繁忙沒法吃飯，夫人急得團團轉，想出了一個妙計：抓一把濕麵糊抹在燒燙的白鐵皮上，做成薄薄的餅皮，用餅皮把肉絲、高麗菜、豆干絲捲起，蔡復一一面辦公一面吃，這就是吃潤餅。清明節吃潤餅，別只顧美食卻不知道它的由來喔！

還有一個「無天無地」的傳說。說是當年蔡復一提親對象是縣城官宦家李璋的長女，李璋知道蔡復一有殘疾，他說：「我家小姐如果嫁給這號人物，那真是無天無地。」「無天無地」在閩南語中是「沒有天理」的意思。後來蔡復一高中進士，皇帝賜婚，在迎娶禮上，從李家到北鎮宮旁蔡宅一里多的街上，用青布遮天，用紅毯鋪路，就這樣「上不見天、下不見地」迎娶了李小姐。婚後夫妻和睦，十分幸福。

## 傳家小語

明朝的金門人蔡復一，獨眼、跛腳、還駝背，但是他克服萬難，比別人花更多的時間讀書、寫作，終於勤能補拙，他不僅能作詩、賦、八股文；還能兩手同時寫字，在殿試上大出鋒頭。他娶的妻子也很聰明，為了擔憂先生的營養，發明了潤餅，夫妻伉儷情深，可以想見。

雖然身體殘缺，卻受重用，擔任兵部左侍郎、總督貴州、雲南、湖南、湖北、廣西軍務兼貴州巡撫，大家稱他「五省經略」，他只活到四十九歲，卻活得精采，真是一位了不起的人。

## 故事傳承人

夏婉雲，淡江大學中文系博士，兒童文學碩士，現為大學兼任助理教授。著有：圖畫故事、童話、故事、童詩、兒歌、兒童散文《大冠鷲的呼喚》等；研究童詩、現代詩、作文教學。得獎包括：金鼎獎、洪建全兒童文學獎童詩獎、楊喚兒童文學獎、兒歌百首，大墩文學獎童話首獎、臺灣省兒文童話獎、第四屆臺北文學獎、兩屆的花蓮文學獎、新北市文學獎，文章入選翰林教科書。

# 戴斗笠的菩薩

陳啓淦
・改寫自民間故事

在古老的年代，日本有一個偏僻的小鄉村，村民們都虔誠信奉地藏王菩薩。

在這個小村子裡，住著一對慈祥的老夫婦。雖然他們很努力的工作，依然過著窮困的日子。快過年了，家裡只剩下最後一把糯米了，他們天天望著米缸發愁。

家裡的屋角住了老鼠一家，老鼠媽媽剛生完寶寶，小老鼠們都餓壞了，圍著媽媽哭鬧，可是媽媽一點兒辦法也沒有，外面天寒地凍，很難覓食。老夫婦看到了老鼠家的困境，就將最後一把糯米送給了老鼠媽媽。

不久，小老鼠們搬了許多葉子，來到了他們的面前。老鼠媽媽說：「孩子們想要報答你們，請不要嫌棄，收下來吧！」

老婆婆看著這些葉子，突然有了一個主意，便對老公公說：「老伴，我們把這些葉子編成斗笠拿到街上去賣，賣了錢就可以買米了。」

「好主意！」

老婆婆立刻動手，忙了半天，終於做好了，總共做成五頂斗笠。第二天一大早，老公公便背著斗笠，到市集去。

雪下得非常大，老公公走著，看見路邊站立著六尊地藏王菩薩石像，每尊石像的頭上都堆滿了雪。他停下腳步，動手將菩薩頭上的積雪清理乾淨。

到了市集，賣了一整天，連一頂斗笠都沒賣出去，他好失望，又得挨餓了。

回家路上，老公公又見到那六尊地藏王

菩薩的石像，這些石刻菩薩的頭上又積滿了雪。老公公一面為他們清除積雪，一面心想：「光頭在雪地中一定很冷吧？」於是他將斗笠一頂一頂戴在菩薩的頭上。可是少了一頂斗笠，這該怎麼辦呢？他想了想，便將自己的頭巾拿下來，包在第六尊菩薩頭上。

回到家，他將今天發生的事情詳細的告訴了老婆婆，老婆婆並沒責怪他。今晚是除夕夜，只能餓著肚子迎接新年了。

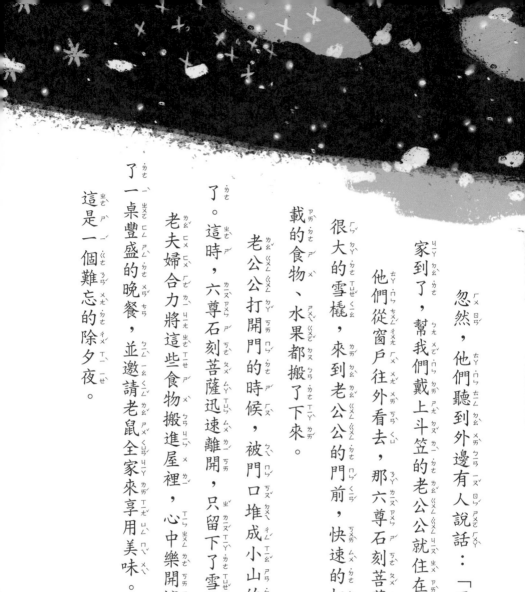

忽然，他們聽到外邊有人說話：「嘿！老公公家到了，幫我們戴上斗笠的老公公就住在這兒！」

他們從窗戶往外看去，那六尊石刻菩薩乘著一輛很大的雪橇，來到老公公的門前，快速的把雪橇上裝載的食物、水果都搬了下來。

老公公打開門的時候，被門口堆成小山的食物驚呆了。這時，六尊石刻菩薩迅速離開，只留下了雪橇的痕跡。

老夫婦合力將這些食物搬進屋裡，心中樂開懷。他們做了一桌豐盛的晚餐，並邀請老鼠全家來享用美味。

這是一個難忘的除夕夜。

## 傳家小語

第一次聽到這個日本民間故事，大概是在小學時候。這一對夫妻雖然家徒四壁，米缸空空，寧可自己挨餓，大方的把最後一些米粒送給老鼠。老公為路邊的六尊地藏王菩薩石像除雪，拿斗笠和頭巾為他們避寒，都是出自一顆慈悲善良的心。

人間處處有溫情，小老鼠和石像都知道報恩，原本冷清清的除夕夜，變得好溫暖。

## 故事傳承人

陳啟淦，兒童文學作家，寫兒童詩、童話和小說。曾經是火車列車長和車站副站長。

得過海峽兩岸十多個獎項，包括：冰心兒童文學新作獎、上海童話報年度最佳童話、洪建全兒童文學獎等。著作超過七十本，包括《日落紅瓦厝》、《老鷹健身房》、《一百座山的傳說》、《月夜．驛站．夜快車》等。

# 海邊的大石頭

陳素宜
・改寫自民間故事

寧靜的海邊，來了父子三人。兩個孩子追逐著上上下下、起起落落的浪花潮水，哥哥突然發現了一件特別的事：「咦？這個海灘上滿滿的都是石頭，不是沙子耶！」

總愛跟著哥哥說話的弟弟也發現了：「是啊，都是石頭。那就不能叫做沙灘了吧？」

「沒錯！這種海灘叫做礫灘，礫就是小石頭的意思。」

爸爸走過來，一邊跟孩子們說明，一邊撿起一個石頭放在手上摩娑。他想了一會兒之後說：「我們來比賽好不好？」

「比什麼？」兩個孩子興致勃勃的問。

爸爸笑笑的說：「看誰撿的石頭最大！」

爸爸才說完，兩個孩子就在礫灘上盲目的跑了起來，想在這數也數不清的石頭堆裡，率先找到一個最大的。

「回來！你們先回來！比賽總要有規則的呀，你們先回來聽我說。」

爸爸把兩個孩子叫回來，跟他們說明：「首先，這個比賽不限時間，你們可以慢慢找，不要急！」

兩個孩子總算靜下來聽爸爸繼續說：「遠遠的那邊有一根漂流木，看到了嗎？從這艘廢棄的船旁邊，走到漂流木那裡，在這一段距離裡選一顆最大的石頭。只有一次選擇的機會，選定了就不能換；而且只能往前走，不可以回頭喔！」

孩子們點點頭，爸爸問：「你們誰先來？」

剪刀石頭布猜拳的結果，是弟弟先來。爸爸提醒哥哥：「我們只能在旁邊看，不能說話提供意見喔！」

「知道了。」

哥哥說完，大家就跟弟弟一起出發。弟弟先看看

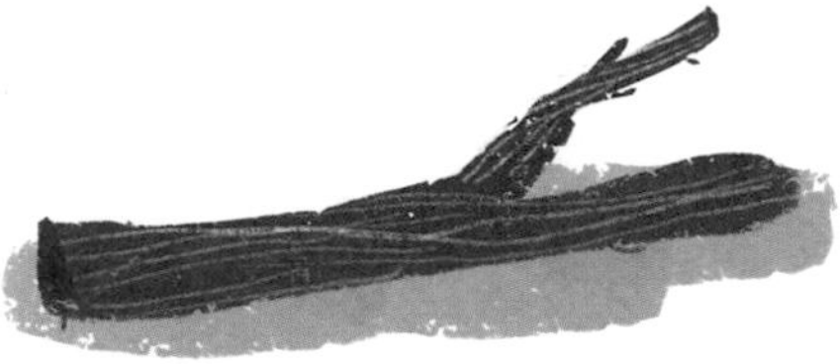

四周，發現像拇指大小的石頭最多，有一些像拳頭大的分布其間。正在猶豫這些拳頭大的石頭裡面，選哪一個好的時候，眼尖的他看見前面不遠，一顆石頭有兩個拳頭併在一起那麼大！他衝過去，毫不考慮的把大石頭撿起來，高興的說：「我找到最大的石頭了！」

爸爸卻只淡淡的說：「走到漂流木那裡，比賽才結束喔。」

滿臉笑容的弟弟點點頭往前走，走著走著笑容不見了，一張臉愈來愈臭。原來前面還有不少更大的石頭，爸爸卻說比賽規則是只有一次

選擇的機會。走到漂流木的時候，弟弟氣呼呼的把石頭一丟，說：「我不玩了。」

換哥哥上場了，他從舊船那裡出發，看都不看一下附近的石頭，因為他知道前面有更大的石頭。走著看著，他也會停下來想想，要不要撿起眼前這個大石頭，但是相信前面有更大的石頭，他還是保留唯一的選擇機會。

就這樣，他走到漂流木時才發現，自己還是兩手空空！

看著兩個失望的孩子，爸爸安慰他們說：「我小時候就是這樣輸給你們的爺爺的呀！」

## 傳家小語

選擇，真是一件困難的事情。當你興高采烈的選中一顆最大的石頭，卻發現沿途還有更大的石頭，礙於規則只能遺憾的走到終點。如果你記取別人的教訓，惦記著後面還會有更大的石頭，總是不願出手，結果到了終點才發現兩手空空，錯失了機會。其實我們需要面對的是欲望，海灘上一定會有最大的石頭，只是你不一定會在適當的時機看見它，進而選中它。把握唯一的機會，選取一個屬於你的石頭，才是最重要的。

## 故事傳承人

陳素宜，臺東大學兒童文學研究所畢業。一九八七年第一篇童話〈純純的新裝〉在《國語日報》發表後，開始努力從事兒童文學創作。作品涵蓋少年小說、童話和兒童散文等文類。作品得到九歌現代兒童文學獎、國語日報牧笛獎、陳國政兒童文學獎及好書大家讀年度最佳少年兒童讀物獎、金鼎獎等多項兒童文學獎項的肯定。已有童話、小說和散文等五十餘冊兒童文學作品出版。

# 媽媽的愛

陳木城
·改寫自林良《小孩的鞋子》

六月天，天氣炎熱，即使是山上的部落，熱得柏油路都會冒煙。小武放學回家，遠遠就聽到溪邊小孩游泳玩水的尖叫聲。他把書包一放，趁媽媽還沒回來，偷偷跑到溪邊玩水去了。

一到溪邊，脫下鞋子和外衣外褲，來不及暖身，就從岩石上跳入溪中的急流，隨著流水沖入深潭里，游了幾圈，完全沐浴在清涼的溪水裡，真是舒服！

小武逆著急流往上溯，好幾次都被急流沖回去，他邊走邊往上游，激起的水花淹過了他的頭，他喜歡這樣被水浪迎面而來，上溯到岩石區，爬上岩石，跳入急流裡，讓巨大的水流再一次把他沖入深潭中。這樣來來回回玩了幾趟，等他玩夠了，抬頭發現，原本在溪邊玩水的夥伴都不見了，這時他才聽到雷聲隆隆，天色突然變黑，溪水開始上漲了，而且變得混濁起來。他聽到廣播重複著：「上游下大雨了，在溪邊玩水的孩子，趕快離開！」

小武知道這是夏日的午後陣雨，代表上游的山上下大雨，洪水很快就會沖過來。他急急忙忙拿著衣褲，跳過幾顆岩石，趕快回家。

回到家，他看到媽媽的機車，知道媽媽回來了，但是媽媽不在家裡。他這才想到自己忘了穿鞋，又趕快往溪

邊跑，要去把鞋子拿回來。

原來，媽媽回來了，她看見小武的書包，卻不見人影，她轉身就出去找小武了。

小武到了溪邊，看到本來清澈清涼的溪水，已經變得波濤洶湧，淹沒了所有原來露出水面的石頭。有一個婦人，跪在岩石上大哭著，邊哭邊喊著：「兒子呀！你回來呀！兒子呀！」小武一聽，聽出那是媽媽的聲音，手裡還緊緊的抱著他的鞋子。小武知道媽媽誤會了，靜靜

走到水邊，距離媽媽的岩石還有五公尺的地方，中間還隔著幾顆大石，不過，這時候都已經被河水淹沒了。

小武叫著：「媽！我是小武。」聲音雖然快被水聲蓋過去，可是媽媽聽到了，她停止哭泣，抬起頭四面張望，看到岸上的小武正在跟他揮手，示意媽媽要小心過河。媽媽不相信的擦擦淚眼，看清真的是小武，隨即跳起來，衝過幾顆岩石，一把抱住小武，喜極而泣的罵著說：「你太壞了！怎麼可以這樣嚇媽媽呀！」

## 傳家小語

這個故事改寫自林良的原作《小孩的鞋子》，我一直很喜歡。很多時候，媽媽的「擔心」或是「責罵」，其實是「愛」！只不過孩子往往體會不出媽媽的愛，不懂得珍惜。每次跟孩子講這個故事，孩子更可以體會到《弟子規》中「身有傷，貽親憂，德有傷，貽親羞」的道理了。

愛，是很抽象的，這個故事讓家人的愛具體可見了，這就是故事的力量。

## 故事傳承人

陳木城，兒童文學作家，歷任小學教師、主任、督學、校長，退休後從事生態、科技工作，曾任生態農場總經理、教育科技公司執行長。喜歡讀書寫作，創建新的事物，除了演講寫作，也擔任全球華文國際學校推動籌設等工作。

# 美猴王拜師

施養慧
・改寫自《西遊記》

美猴王還在花果山時，不但無名無姓，也沒什麼特殊本領，日子雖然過得逍遙自在，卻擔心著總有一天得去見閻王。為了長生不老的願望，便決定出門拜師。

他乘著木筏飄洋過海，到人群中學穿衣、走路、說話與識字，同時打聽神仙的消息。經過多方的打探與尋覓，終於讓他在九年後，來到靈臺方寸山，進了斜月三星洞，拜見了須菩提祖師。

須菩提祖師聽了他的來意後，說：「看你這猢猻頗為上進，就入我門下吧！今後你要去掉野性，把猻改為孫，喚做孫悟空吧！」

「多謝師父！」

孫悟空跟著師兄弟一起讀經寫字、掃地種樹、挑水煮飯，一晃眼就過了七年。有一天，師父說：「悟空，我來教你參禪吧！」

「參禪可以長生不老嗎？」

「當然不行。」

「那我不學。」

師父又連說了好幾門學問，他都說：「不學、不學，我只想學長生不老。」

「你這猴子，這不學，那不學，到底想怎樣？」師父用戒尺連敲了他三下響頭，背著手，進房去了。

「師父要傳你道法，你竟然還敢挑三揀四？」「對呀！我都來了十年了，師父還不曾說要傳我什麼呢！」

悟空不理會七嘴八舌的師兄弟，心中暗自有了主意。

「你三更半夜不睡覺，跑來這裡做什麼？」須菩提祖師半夜醒來，見到跪在床邊的悟空說。

「師父，你連敲我三下，又把手放在後頭，是要我在三更的時候，從後門來找你吧！」

「這猴兒倒機靈！」須菩提祖師點了點頭，將長生不老的口訣傳授給悟空。

悟空花了三年功夫，把口訣背得滾瓜爛熟，接著又學會了七十二變與觔斗雲。

「你才會這麼點功夫，就開始賣弄了？」師父發現悟空竟然在師兄弟面前炫耀。

「師父恕罪！」悟空說。

「我不怪你，你走吧！」

「不，還沒報答師父的恩情，我不能離開。」

「別提報恩了！你這個性將來必闖大禍。我只要你記住，日後他人問起，千萬別提我是你師父。」

須菩提祖師果然一語成讖，他這高徒出了師門後，不但大鬧天

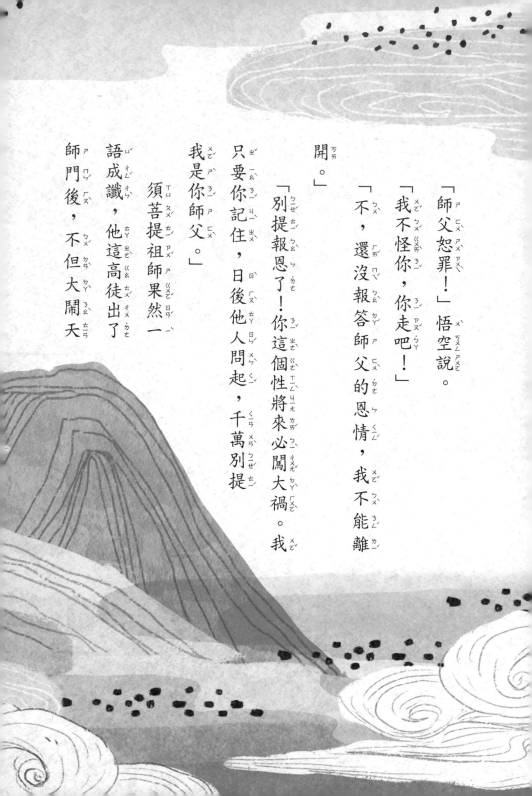

宮、闖地府，還在如來的掌上撒野。

幸好我佛慈悲，讓悟空護送唐僧取經，通過層層考驗後，才將功贖罪，變成人見人愛的齊天大聖。

## 傳家小語

孫悟空若是文盲，就無法在如來的手指，寫下「齊天大聖到此一遊」的名言。他從石猴變成美猴王，靠的是躍入水濂洞的勇氣；從美猴王變成齊天大聖，靠的可是苦學的精神。

大聖爺都需要花二十年的時間學習了，何況是我們？

## 故事傳承人

施養慧，臺東大學兒童文學研究所畢業。致力於童話創作，因為童話是最浪漫的一種文類，不僅讓凡人上山下海，也讓人間成了有情世界。曾獲臺東大學兒童文學獎，已出版《傑克，這真是太神奇了》、《好骨怪成妖記》、《338號養寵物》、《小青》等書。

衷心認為，兒童是國家的希望，也是最純真的人類，可以為他們寫作，是莫大的幸福與榮耀，希望一輩子寫下去。

國家圖書館出版品預行編目 (CIP) 資料

100 個傳家故事 : 金窗子 / 周姚萍等合著 ;
KIDISLAND 兒童島繪 . -- 初版 . -- 新北市 : 字畝文化出版 : 遠足文化發行 , 2019.08
面； 公分
ISBN 978-957-8423-96-1( 平裝 )
863.59 108010779

Story 018

# 100個傳家故事 金窗子

作者｜周姚萍、黃文輝、劉思源、黃秋芳、許榮哲、謝鴻文、徐國能、石麗蓉、陳昇群等 合著
繪者｜KIDISLAND兒童島

**字畝文化創意有限公司**
社 長｜馮季眉
責任編輯｜洪 絹
編 輯｜戴鈺娟、陳心方、巫佳蓮
封面設計｜蕭雅慧
內頁設計｜張簡至真

**讀書共和國出版集團**
社 長｜郭重興 發行人兼出版總監｜曾大福
業務平臺總經理｜李雪麗 業務平臺副總經理｜李復民
實體通路協理｜林詩富 網路暨海外通路協理｜張鑫峰 特販通路協理｜陳綺瑩
印務協理｜江域平 印務主任｜李孟儒
發 行｜遠足文化事業股份有限公司
地 址｜ 231 新北市新店區民權路 108-2 號 9 樓
電 話｜ (02)2218-1417
傳 真｜ (02)8667-1065
電子信箱｜ service@bookrep.com.tw
網 址｜ www.bookrep.com.tw

法律顧問｜華洋法律事務所 蘇文生律師
印製｜中原造像股份有限公司

2019 年 8 月 7 日 初版一刷 定價：320 元
2022 年 3 月 初版四刷
ISBN 978-957-8423-96-1 書號：XBSY0018